启 文/主编

SONGCI
YOU
GUSHI

宋词有故事

启文/主编

山东画报出版社

济 南

SONGCI YOU GUSHI

宋词有故事

启文 主编

图书在版编目（CIP）数据

宋词有故事 / 启文主编 . — 济南：山东画报出版
社，2023.6（2024.4 重印）
（青少年通识文库 / 启文主编）
ISBN 978–7–5474–4316–3

Ⅰ . ①宋… Ⅱ . ①启… Ⅲ . ①宋词—青少年读物
Ⅳ . ① I222.844

中国版本图书馆 CIP 数据核字（2022）第 180210 号

责任编辑　阚　焱　徐　勇
装帧设计　博文斯创
主管单位　山东出版传媒股份有限公司
出版发行　山东画报出版社
　　社　　址　济南市市中区舜耕路 517 号　邮编 250003
　　电　　话　总编室（0531）82098472
　　　　　　　市场部（0531）82098479
　　网　　址　http://www.hbcbs.com.cn
　　电子信箱　hbcb@sdpress.com.cn
印　　刷　金世嘉元（唐山）印务有限公司
规　　格　173 毫米 ×248 毫米　16 开
　　　　　16 印张　225 千字
版　　次　2023 年 6 月第 1 版
印　　次　2024 年 4 月第 2 次印刷
书　　号　ISBN 978–7–5474–4316–3
定　　价　39.80 元

目录

目录

宋 词 有 故 事

宋 词 有 故 事

江城子·乙卯正月^① 二十日夜记梦

苏轼

十年生死两茫茫。不思量。自难忘。千里孤坟^②，无处话凄凉。纵使相逢应不识，尘满面、鬓如霜^③。

夜来幽梦忽还乡。小轩窗^④。正梳妆。相顾无言，惟有泪千行。料得年年肠断处，明月夜、短松冈^⑤。

注释

① 乙卯正月：宋神宗熙宁八年（1075）正月。

② 千里孤坟：此时作者在密州（今山东省诸城市），王弗葬于眉山东北（今四川省眉山市彭山区），两地相距何止千里。

③ 鬓如霜：即两鬓斑白。

④ 轩：有窗槛的小室。

⑤ 短松冈：这里指王弗的墓地。

词意

你我生死相隔已经十年了，彼此音讯渺茫；克制自己不去思念你，却始终难以忘怀。你的孤坟远在千里之外，我满腹的凄凉与悲伤无处倾诉。即使与你相逢，你应该也不认识我了，因为我已是沧桑满面、两鬓如霜。

夜里，我在恍惚的

梦境中回到了故乡，你正坐在小窗前对镜梳妆。我们四目相对，都说不出话来，只有眼泪流了千行。料想明月照耀下的短松冈，就是你年复一年肝肠寸断的地方。

品故事

　　苏轼，字子瞻，号东坡居士，北宋文学家、书画家。十九岁时，苏轼结婚，新娘王弗芳龄十六，他们一个才华横溢、性格旷达，一个知书达理、性格温良，婚后情深意笃，恩爱有加。

　　但是，天有不测风云，王弗二十七岁时，不幸因病去世。对苏轼来说，这无疑是一个晴天霹雳。他怀着巨大的悲恸，含着眼泪亲自操持王弗的葬礼，为王弗撰写墓志铭。

　　王弗虽然去世了，但她一直活在苏轼的心中。因此，苏轼才会在她去世长达十年后，依然"不思量。自难忘"。因为难忘，所以苏轼"夜来幽梦忽还乡"。阴阳相隔的两人在虚幻的梦境中重逢，一个依然风华正茂，一个却已是满面风霜。此情此景，真是让人悲痛欲绝。

　　梦醒后，苏轼不得不回到现实——王弗早已长眠在那"明月夜、短松冈"。于是，他肝肠寸断，写下了这首千古传诵的悼亡词。

赏析

　　这是词人悼念亡妻之作。词的上片记实，写词人对亡妻深沉的思念之情；下片记梦，写词人在梦中与亡妻重逢的场景。全词凄凉哀婉，一字一句都发自肺腑，读来沉痛感人。

破阵子·为陈同甫赋壮词以寄之

辛弃疾

醉里挑灯看剑，梦回吹角连营。八百里分麾下炙^①，五十弦翻塞外声^②，沙场秋点兵。

马作的卢飞快^③，弓如霹雳弦惊。了却君王天下事，赢得生前身后名，可怜白发生！

注释

① 八百里：指牛。炙：烤肉。

② 五十弦：本指瑟，泛指乐器。翻：演奏。塞外声：雄壮悲凉的边塞军歌。

③ 的卢：一种额部有白色斑点的快马。

词意

喝醉了，把油灯挑亮，观看宝剑，仿佛回到了萦绕着号角声的军营。将军把鲜美的烤肉分给部下，乐队演奏着雄浑悲凉的边塞军歌，这是秋天在战场上检阅军队。

胯下的战马如同的卢马那样飞驰，弓箭离弦发出惊雷一般的响声。我一心想替君主完成收复失地、统一天下的大业，赢得为国立功的美名世代相传，可惜已成了白发人！

品故事

辛弃疾，字幼安，号稼轩居士，南宋将领、豪放派词人。他二十二岁参加抗金起义，失败后回到南宋，担任过地方长官，兢兢业业，尽心尽职。

辛弃疾有着强烈的爱国情怀，主张朝廷出兵抗金，收复中原。但是，南宋朝廷中主和派占据上风，他们胸无大志，胆小如鼠，主张向金人求和。辛弃疾因为坚持自己的主张，遭到主和派的排挤，被罢官，闲居近二十年。在这段时间里，辛弃疾结识了陈亮。

陈亮，字同甫，为人豪放，性格刚毅，和辛弃疾有着相同的政治主张，因此也不受朝廷重用。辛弃疾闲居期间，陈亮慕名前来拜访，两人虽然只相处了十天，却成了志趣相投的好友。分别后，陈亮与辛弃疾互相写词赠送，这首赠给陈亮的《破阵子》大概就是辛弃疾在这期间写下的。

赏析

这是一首豪放词，从"梦回吹角连营"到"赢得生前身后名"，气势高涨，给人凌空直上的感觉，却在末尾急转直下，回到现实，发出"可怜白发生"的感叹，淋漓尽致地写出了词人壮志难酬、报国无门的沉痛之情。

如梦令·昨夜雨疏风骤

李清照

昨夜雨疏风骤①。浓睡不消残酒②。试问卷帘人③，却道海棠依旧。知否。知否。应是绿肥红瘦④。

注释

① 疏：稀疏。骤：急猛。

② 浓睡：酣睡。残酒：尚未消散的醉意。

③ 卷帘人：此指侍女。

④ 绿肥红瘦：绿叶繁茂，红花凋零。

词意

昨夜虽然雨点稀疏，风却十分急猛，我酣睡了一夜，醒来后酒意还没有消尽。询问正在卷起帘子的侍女，院子里的海棠花怎么样了，回答说和昨天一样。知道吗？知道吗？应该是绿叶依旧繁茂，而红花已经凋零了。

品故事

　　李清照，自号易安居士，被誉为"千古第一才女"。她出生于一个士大夫家庭，父母都有着不俗的文学修养。不幸的是，在李清照很小的时候，她的母亲就去世了。没过几年，她的父亲又被调往汴京任职，由于经济拮据，不能带李清照同去，便把她寄宿在伯父家中。

　　后来，李清照的父亲升任礼部员外郎，生活条件大为改善，于是把李清照接到汴京，父女终于团聚。此时，李清照大约十六岁，已经小有诗名，当时著名的文学家王灼曾这样称赞她："自少年便有诗名，才力华赡，逼近前辈。"

　　那个时候，北宋还没有亡国，都城汴京一派繁华热闹，这大大激发了李清照的文学创作热情。也就是在这个时期，她写下了这首《如梦令》，轰动汴京文坛，文人墨客"莫不击节称赏"，可见李清照的才华不凡。

赏析

　　这首词包含着词人非常细腻的情感，既有惜花之情，又有对时节变化的敏感和对大自然的热爱，还有一些惆怅苦闷之意。全词语言清新，意蕴隽永，回味无穷。

如梦令·常记溪亭日暮

李清照

常记溪亭日暮①，沉醉不知归路。兴尽晚回舟②，误入藕花深处③。争渡，争渡，惊起一滩鸥鹭④。

注释

① 溪亭：临水的亭台。
② 兴尽：尽了兴致。回舟：乘船而回。
③ 藕花：荷花。
④ 一滩：一群。鸥鹭：此处泛指水鸟。

词意

常常想起有一次去溪边的亭子游玩，陶醉于美丽的景色之中，流连忘返。玩到尽兴时，天色已晚，于是驾着小舟返回，却不小心划进了荷花池的深处。奋力地把小舟划出去，惊飞了一群鸥鹭。

宋 词 有 故 事

李清照初到汴京，看到的是一幅怎样的景象呢？可以用"气象万千"四个字来概括。

汴京就是今天的河南省开封市，历史上曾有许多朝代在这里建都，比如，战国时期的魏国，五代十国时期的后梁、后晋、后汉、后周等。宋朝建立以后，也以汴京为都城，使汴京迅速发展成为当时世界上最繁华的城市之一，不仅面积广大、人口众多，而且商业发达，酒楼餐馆林立，娱乐活动丰富，夜市常常持续到深夜十二点。

面对如此繁华的景象，青春年少的李清照想必是既兴奋又好奇的。但是，热闹过后，独居闺中的她又难免感到孤独，十分想念在家乡度过的美好时光。其中，最让她念念不忘的，是一次泛舟溪亭的经历。于是，她提笔写下了这首脍炙人口的《如梦令》。

这首词是李清照少女时期的作品，回忆了她一次在荷花池中荡舟游玩、沉醉不归的经历。全词不事雕琢，语言清新自然，将动人的风景和少女怡然自得的好心情融为一体，充满了高雅、活泼的生活情趣。

鹊桥仙·纤云弄巧

秦观

纤云弄巧^①，飞星传恨^②，银汉迢迢暗度^③。金风玉露一相逢^④，便胜却人间无数。

柔情似水，佳期如梦，忍顾鹊桥归路。两情若是久长时，又岂在朝朝暮暮。

注释

① 纤云：轻盈的云彩。
② 飞星：流星。
③ 银汉：银河。暗度：悄悄渡过。
④ 金风玉露：指秋风和白露。

词意

轻盈的云彩变化万千，流星传递着相思之苦，牛郎和织女悄悄渡过遥远无垠的银河。他们在秋风白露的七夕佳节相会，胜过尘世间的无数眷侣。

　　他们之间的深情像水那样温柔，相会的时光如梦似幻，分别时不忍回头去看那鹊桥路。只要两个人的感情至死不渝，又何必贪恋朝夕相伴的美好呢。

品故事

　　这首词描写的是牛郎和织女凄美动人的爱情故事。相传，牛郎是一个孤儿，和一头老牛相依为命。后来，在老牛的帮助下，牛郎与下凡的织女相爱、结婚，生活虽然清贫，但十分幸福，织女还为牛郎生了一儿一女。

　　但是，天庭禁止神仙和凡人相爱，王母娘娘派人把织女捉回天上，老牛不忍心看牛郎妻离子散，于是碰断了一只牛角，把牛角变成小船，让牛郎挑着儿女乘船追赶织女。眼看牛郎就要追上织女了，这时，王母娘娘拔下头上的金钗，在空中一划，就变出了波涛汹涌的银河，将这对恩爱夫妻阻隔在银河两岸，他们只能隔河对泣。

　　哪知，牛郎和织女坚贞的爱情感动了喜鹊，它们纷纷飞来，搭起了一座跨越银河的"鹊桥"，让这对有情人跨河相会。王母娘娘也被他们的真情感动，于是允许他们每年七月初七在鹊桥上相会一次，这就是这首《鹊桥仙》背后的故事。

赏析

　　这是一首咏七夕的节序词，融写景、抒情和议论于一体，将牛郎织女的故事演绎得温婉动人，歌颂了爱情的忠贞与美好，读来有荡气回肠之感。词的最后两句，是歌颂爱情的千古名句。

水调歌头·明月几时有

苏轼

　　明月几时有①，把酒问青天。不知天上宫阙②，今夕是何年。我欲乘风归去，又恐琼楼玉宇③，高处不胜寒。起舞弄清影，何似在人间。

　　转朱阁，低绮户④，照无眠。不应有恨，何事长向别时圆。人有悲欢离合，月有阴晴圆缺，此事古难全。但愿人长久，千里共婵娟⑤。

注释

　　①明月几时有：化用李白《把酒问月》"青天有月来几时？我今停杯一问之"诗意。

　　②天上宫阙：指月宫。

　　③琼楼玉宇：想象月宫中晶莹瑰丽的楼台殿阁。

　　④低绮户：低低地挂在雕花的窗户上。

　　⑤婵娟：指代明月。末二句化用谢庄《月赋》"隔千里兮共明月"句。

明月是何时开始出现的？我端起酒杯遥问青天。不知天上的宫殿，现在是何年月。我想乘着清风回到天上，又怕琼楼玉宇太高，我经受不住九天的寒意。在月光下起舞，玩赏舞动的清影，哪里像是在人间呢？

时光流逝，明月转过朱红色的楼阁，低挂在雕花的窗户上，照耀着难眠的我。明月不该有什么怨恨吧，为什么偏在人们离别之时圆满呢？人有悲欢离合，月有阴晴圆缺，这种事自古就难以求全。只盼望远方的亲人平安健康，即使相隔千里，也能共享这美好的明月。

品故事

1076 年的中秋之夜，苏轼开怀畅饮，直到天亮。在大醉之中，他词兴大发，作了这首词，抒发感慨，同时表达对苏辙的思念之情。苏辙是苏轼的弟弟，字子由，北宋著名文学家。

苏轼和苏辙虽然是一母同胞的兄弟，但他们的性格大相径庭——哥哥苏轼无拘无束、旷达洒脱，弟弟苏辙性格低调、沉稳内敛。不过，这并不妨碍他们建立起深厚的感情：小时候，他们一起读书写字、外出游玩；长大后，他们一起参加科考，都考中了进士；做官以后，他们相互扶持、风雨同舟……

后来，两兄弟仕途沉浮，辗转多地做官，在那个交通不发达的时代，他们想要见上一面，可谓是难上加难。苏轼写这首《水调歌头》的时候，已经七年没有见到苏辙了。分隔两地期间，他们常常给对方写诗、寄信，还约定老了以后一起辞官归隐，共度余生。但是造化弄人，苏轼病逝时，终究没能和苏辙见上最后一面，这成了他此生最大的遗憾。

赏析

这是一首中秋望月怀人的词，全词笔调浪漫，境界壮美，立意高远，既充满了词人对亲人的怀念之情，又饱含人生哲理，传递出乐观、豁达的心境，被誉为中秋词中的绝唱。

蝶恋花·春景

苏轼

　　花褪残红青杏小①，燕子飞时，绿水人家绕。枝上柳绵吹又少②，天涯何处无芳草③。

　　墙里秋千墙外道，墙外行人，墙里佳人笑。笑渐不闻声渐悄，多情却被无情恼④。

注释

　　① 褪：脱去。

　　② 柳绵：柳絮。

　　③ 天涯何处无芳草：谓春回大地，到处都长满了花草。

　　④ 多情：这里代指墙外的行人。无情：这里代指墙内的佳人。

词意

　　花朵凋谢，树枝上长出了小小的青杏，燕子在空中飞翔，碧绿的春水围绕着村落人家流淌。柳枝上的柳絮被风吹得越来越少，世间处处长满了芬芳的花草。

　　围墙里面，有一位佳人正在荡秋千，墙外的行人经过，听见墙内佳人发出动人的笑声。渐渐地，笑声消散了，多情的行人为无情的佳人所恼。

品故事

　　有一次，苏轼和朋友在西湖小聚，请来一个歌舞班助兴。跳舞时，一个舞女引起了苏轼的注意，她容貌艳丽、舞姿超群；舞罢，为客人倒酒时，她换了淡妆素裙，清丽动人。苏轼感叹于她的美丽，写下了"欲把西湖比西子，淡妆浓抹总相宜"的千古名句。

　　这个舞女名叫王朝云，这一年，她十二岁，被苏轼收为侍女。王朝云素来仰慕苏轼的才华，而且苏轼及其家人待她都很好，所以她决定终生追随苏轼。六年后，王朝云成为苏轼的侍妾。

　　他们居住在惠州时，有一天，苏轼感叹秋天已到，让王朝云唱这首《蝶恋花》，哪知王朝云泪如雨下。苏轼问她为什么哭，她说是因为感伤于"枝上柳绵吹又少，天涯何处无芳草"这两句。苏轼听了，笑道："是吾正悲秋，而汝又伤春矣。"没想到不久之后，王朝云就因病去世，苏轼十分伤心，从此再也没有听过这首词。

赏析

　　这首词着眼于春天的景色和春天的人，用清新秀丽的笔触勾勒出了一幅生机勃勃而又饱含惆怅的"暮春图"。词中的"行人"是词人的化身，词人借此表达了自己想要有所作为却未能如愿的无奈之情。

钗头凤·红酥手

陆游

红酥手，黄縢酒①，满城春色宫墙柳。东风恶，欢情薄。一怀愁绪，几年离索②。错、错、错！

春如旧，人空瘦，泪痕红浥鲛绡透③。桃花落，闲池阁④。山盟虽在，锦书难托⑤。莫、莫、莫！

注释

① 黄縢：酒名。

② 离索：离群索居。

③ 浥：湿润。鲛绡：这里指手帕。

④ 池阁：池上的楼阁。

⑤ 锦书：写在锦上的书信。

词意

你那红润温软的双手，捧着盛有黄縢酒的杯子，满城春色中，你就像宫墙中的绿柳那样遥不可及。春风最是可恶，吹薄了欢情。杯中的酒仿佛我的满腔哀愁，自离别后，几年来我一直过着十分萧索的生活。遥想当初，错，错，错！

春色一如往昔，人却逐渐消瘦，泪水打湿了胭脂，浸透了手帕。桃花凋落，洒在池塘的楼阁上。当初的山盟海誓不曾忘怀，可是饱含爱意的锦书再难交付给彼此。遥想当初，莫，莫，莫！

品故事

陆游，字务观，号放翁，南宋豪放派词人、爱国诗人。大约二十岁时，陆游娶唐氏为妻。唐氏出身书香门第，才华横溢，婚后与陆游的感情非常好。但是，陆游的母亲不希望儿子沉迷于爱情，强行拆散了这对恩爱的夫妻。陆游被迫休了唐氏后，在母亲的命令下另娶他人，唐氏知道此生与陆游再无缘分，于是也嫁给了别人。

多年后，陆游和唐氏在沈园偶然重逢，唐氏无语凝噎，亲手斟了一杯酒给陆游，陆游含泪饮下。唐氏走后，陆游把一腔深情挥洒在墙上，作《钗头凤·红酥手》。后来，唐氏再次来到沈园，看到这首词，感慨万千，和了一首《钗头凤·世情薄》，不久后抑郁而亡，词曰：

"世情薄，人情恶，雨送黄昏花易落。晓风干，泪痕残。欲笺心事，独语斜阑。难，难，难！

人成各，今非昨，病魂常似秋千索。角声寒，夜阑珊。怕人寻问，咽泪装欢。瞒，瞒，瞒！"

赏析

这首词写的是词人被迫与爱妻唐婉分开后，一次偶然与唐婉相遇的情景。全词以春天的沈园为背景，用满园的春色来衬托离人的愁怨，情感真挚，声韵凄婉，读来催人泪下。

卜算子·我住长江头

李之仪

我住长江头，君住长江尾。日日思君不见君，共饮长江水。

此水几时休①，此恨何时已②。只愿君心似我心，定不负相思意③。

注释

① 休：停止。

② 已：停止，消失。

③ 思：想念，思念。

词意

　　我住在长江的源头，你住在长江的尽头。每天都在思念你，却总是见不到你，只能共饮这长江之水。

　　这悠悠江水什么时候才会枯竭，别离的苦恨什么时候才能停止。只愿你的心如我的心一样相守不移，不辜负我对你的款款痴情。

品故事

　　李之仪，字端叔，自号姑溪居士、姑溪老农，北宋词人。他因为得罪了宰相，被贬到太平州做官。在太平州为官的四年里，他经历了许多不幸：女儿和儿子相继离世，不久后，与他相濡以沫四十年的结发妻子撒手人寰，而他自己也饱受病痛的折磨。就是在这段人生低谷时期，李之仪遇到了杨姝。

　　杨姝是当地有名的歌妓，不仅美丽，而且为人正直、善良。早年，另一位文学大家黄庭坚被贬到太平州时，当时年仅十三岁的杨姝弹了一首古曲《履霜操》，讲的是一个名叫伯奇的人遭后母陷害、投河而死的悲剧故事，意在为黄庭坚抱不平。

　　时隔多年，杨姝偶遇李之仪，再次弹起这首曲子，触动了李之仪的心事。此后，两人成为知音，度过了一段幸福的时光。但是，这份幸福不会长远，因为李之仪任期满后，还不知道要漂泊到什么地方。一个秋天，李之仪和杨姝携手来到长江边，面对知冷知热的红颜知己和自己漂泊不定的命运，他的心中感慨万千，写下了这首《卜算子》。

赏析

　　这首词以长江之水为线索，长江既是男女主人公"日日思君不见君"的阻碍，又是他们心意相通、遥寄相思之情的载体。如此新颖奇巧的构思，结合通俗直白而又深婉含蓄的语言，赋予了整首词质朴无华、清新隽永的神韵。

苏幕遮·怀旧

范仲淹

碧云天，黄叶地。秋色连波，波上寒烟翠^①。山映斜阳天接水。芳草无情^②，更在斜阳外。

黯乡魂^③，追旅思^④。夜夜除非，好梦留人睡。明月楼高休独倚。酒入愁肠，化作相思泪。

注释

① 寒烟翠：烟本来是白色的，但是由于与天水相接，远望时就呈现出了碧色。

② 芳草：常暗指故乡。

③ 黯：形容心情忧郁。乡魂：对家乡的思念之情。

④ 追旅思：旅思追随不散。旅思，羁旅愁思。

词意

蓝蓝的天空中飘着白云，地上落满了黄叶，秋色与秋波相连，波上弥漫的寒烟泛着一抹碧色。夕阳下的远山连接着悠悠江水，不懂得思乡之苦的芳草，一直绵延到暮色之外。

因思念家乡而黯然伤神，旅居在外的愁思缠绕着我，每天晚上，只有美好的梦境才能留我入睡。明月照耀着高楼的时候切莫凭栏独倚，将苦酒灌入愁肠，都化作了思乡的眼泪。

品故事

范仲淹，字希文，北宋政治家、文学家，因为敢于直言进谏，多次遭到贬谪。他的好友曾劝他少说"闲话"、少管"闲事"，他却说："宁鸣而死，不默而生。"大意是，宁愿因为说"闲话"而死，也不愿缄口不言地过完这一生。

范仲淹不仅性格刚正，而且很有军事才能。有一次，为了抗击西夏侵略者，宋仁宗将被贬在外的范仲淹召回，委以重任。范仲淹领命来到抗敌前线之一的陕西延州（今延安），整顿军队、积极防御，提拔了不少有才干的将领。其间，宋仁宗曾因为没有听取范仲淹的抗敌策略，导致宋军溃败，此后便开始全面重用范仲淹。不久后，西夏向北宋求和。

范仲淹还是一个优秀的文学家，他既能写出"先天下之忧而忧，后天下之乐而乐"这样体现崇高理想的句子，也能写出"酒入愁肠，化作相思泪"这样温婉细腻的词作——这首《苏幕遮》正是他在陕西抗击侵略者的这段时期所写的。

赏析

这是一首抒发思乡之情的词作，上片写景，下片抒情，情景交融，用秋景的阔远来衬托词人的伤情，气象空灵宏大，感情低回婉转，读来韵味无穷。

生查子·元夕

欧阳修

去年元夜时①，花市灯如昼②。月上柳梢头，人约黄昏后。
今年元夜时，月与灯依旧。不见去年人③，泪湿春衫袖④。

注释

① 元夜：指元宵节的晚上。

② 花市：卖花、赏花的集市。昼：白天。

③ 见：看见。

④ 春衫：年少时穿的衣服，也指代年轻时的自己。

词意

　　去年的元宵之夜，花市被灯火照得如同白昼。月亮爬上了柳树梢头，我与佳人相约在黄昏之后互诉衷肠。

今年的元宵之夜，月光和灯火与去年一样。但是，已经不见去年的故人，相思之泪打湿了我的衣袖。

品故事

欧阳修，字永叔，号醉翁，晚号六一居士，北宋政治家、文学家，这首《生查子·元夕》就是他的代表作之一，相传是他为了悼念第二任妻子杨氏所作。

欧阳修一生先后娶了三位妻子，第一位妻子胥氏，是欧阳修的老师胥偃的女儿，嫁给欧阳修的时候芳龄十五。一年后，胥氏刚为欧阳修生下一子，便染上重疾，香消玉殒。欧阳修十分伤心，写下了"人生自是有情痴，此恨不关风与月"等词句。

但是，生活还要继续。后来，欧阳修娶杨氏为妻。杨氏也是名门闺秀，婚后和欧阳修十分恩爱。可命运没有善待欧阳修，不久后，他因得罪朝中重臣而被贬到夷陵，接着杨氏病逝。这一年的元宵佳节，依旧是张灯挂彩、火树银花，但是对接连遭受两个重大打击的欧阳修来说，却十分冷清、凄凉，于是他挥笔写下了这首流传千古的词作。

赏析

这首词运用了今昔对比的手法，"去年元夜时"恋人之间的柔情蜜意，与"今年元夜时"主人公的形单影只形成对比，将物是人非、旧情难续的感伤之情表达得淋漓尽致。全词语言通俗，但感情真挚、隽永，是脍炙人口的名篇。

满江红·写怀

岳飞

怒发冲冠，凭阑处、潇潇雨歇。抬望眼、仰天长啸，壮怀激烈。三十功名尘与土，八千里路云和月。莫等闲、白了少年头，空悲切。

靖康耻[①]，犹未雪。臣子恨，何时灭。驾长车踏破、贺兰山缺[②]。壮志饥餐胡虏肉[③]，笑谈渴饮匈奴血[④]。待从头、收拾旧山河，朝天阙[⑤]。

注释

① 靖康耻：指靖康二年（1127）金兵攻陷都城汴京，掳徽、钦二帝北去，北宋亡。

② 贺兰山：位于今宁夏境内。这里借指敌占区。

③ 胡虏：对金兵的蔑称。

④ 匈奴：代指金国。

⑤ 朝天阙：朝见皇帝。

词意

我怒发冲冠，凭栏远眺，一场疾风骤雨刚刚停歇。抬头远望，禁不住仰天长啸，报国之心激荡着胸怀。三十多年来，我建立了一些微不足道的功名；南北转战八千里，经过了多少风云岁月。好男儿不要虚度了

青春，等到年老时再徒自悲切！

靖康之变的耻辱，至今尚未雪洗。我身为臣子的愤恨，什么时候才能熄灭！我要驾着战车，把贺兰山踏为平地。我满怀壮志，饿了就吃敌人的肉；谈笑间，渴了就喝敌人的鲜血。待我重新收复旧日山河，向朝廷报告胜利的消息。

品故事

岳飞，字鹏举，南宋抗金名将、军事家、战略家、书法家、诗人。在少年时代，岳飞就对兵法抱有极大的兴趣，二十岁时，他走进军营，拉开了戎马一生的序幕。

岳飞凭借着高超的军事指挥水平，带领着他创建的"岳家军"转战南北，全力抵抗金人的入侵。他一共率军进行了四次北伐，每一次都大败敌军，收复南宋的大片失地，让金人十分忌惮。然而，软弱、腐朽的南宋朝廷不喜欢岳飞，因为他们担心岳飞战功赫赫，会威胁到自己的统治，还担心岳飞的抗金行为会遭到金人的报复。因此，在宋高宗、秦桧等人的密谋下，岳飞以"莫须有"的罪名入狱，一代精忠报国的抗金名将最终含冤而死。

其实，岳飞知道南宋朝廷希望向金人求和，但是强烈的责任感和使命感让他无法对入侵者卑躬屈膝。在这种壮志难酬的情况下，他写下了这首气势磅礴的《满江红》，抒发自己满腔的爱国热情。

赏析

这首词上片表达了词人对中原沦陷的悲愤和对为国立功的渴望，下片抒发了词人对金人的满腔仇恨和对国家的赤胆忠心。全词气势磅礴，慷慨激昂，充分展现出中华民族不畏强暴、积极进取的精神，是描写抗金战争的名篇。

桂枝香·金陵怀古

王安石

　　登临送目。正故国晚秋[①]，天气初肃。千里澄江似练，翠峰如簇。归帆去棹残阳里[②]，背西风、酒旗斜矗。彩舟云淡，星河鹭起，画图难足。

　　念往昔、繁华竞逐。叹门外楼头[③]，悲恨相续。千古凭高，对此谩嗟荣辱。六朝旧事随流水[④]，但寒烟、衰草凝绿。至今商女，时时犹唱，《后庭》遗曲[⑤]。

注释

　　① 故国：金陵，即今江苏南京。

　　② 棹：船桨。此以"归帆去棹"指代来往船只。

　　③ 门外楼头：泛指六朝的终结。

　　④ 六朝：中国历史上以建业（南京）为都的吴和以建康（南京）为都的东晋、宋、齐、梁、陈六个朝代。

　　⑤《后庭》遗曲：陈后主作《玉树后庭花》曲，是历史上著名的"亡国之音"。

词意

　　登山临水，举目望远，故都金陵正是深秋时节，天气已变得飒爽清凉。澄澈的江水蜿蜒千里，仿佛一条长长的白绢；

翠绿的山峰雄伟挺拔，好像丛聚在一起的箭镞。往来的帆船沐浴在夕阳下，西风吹来的地方，酒旗斜飞。装饰华丽的画舫如同游荡在淡淡的浮云之中，白鹭从江中的沙洲上飞起，这美丽的景色是丹青妙笔难以描绘的。

想当年，达官贵人们争相过着奢华的生活，可叹六朝的亡国惨剧接连发生。古往今来，多少人在此登高怀古，对各朝的兴衰荣辱喟叹感伤。那六朝的往事都随着流水消逝了，只剩下惨淡的寒烟和衰败的枯草。如今的歌女不懂亡国的悲恨，时时高唱《玉树后庭花》这首亡国之音。

品故事

王安石，字介甫，号半山，北宋政治家、文学家、思想家、改革家。他自幼聪颖，喜欢读书，有过目不忘、下笔成文的本领。少年时代，王安石跟随做官的父亲去过很多地方，饱览了人间疾苦，丰富了人生阅历，为他后来的文学创作奠定了基础。

王安石不仅在文学上造诣很高，在政治上也大有建树。他勤政爱民，从地方官一直做到了宰相。担任宰相期间，王安石大力推行变法，改革旧制，他的举动有利于富国强兵，却遭到保守官员的反对和排挤，最后被罢免。一年后，朝廷再次任命王安石为宰相，但王安石的变法依旧举步维艰。

后来，王安石辞去宰相之职，到南方做官。虽然远离了朝廷，但他依然心系国家。眼看北宋朝廷越来越腐朽，作为一个清醒的政治家，王安石预见到了国家覆亡的悲剧命运。可是，他什么也改变不了。这首忧国忧民的《桂枝香》，大概就是王安石在南方做官时所写的。

赏析

这首词上片写金陵秋景，营造出萧瑟、苍凉的氛围，为下片的怀古抒情做铺垫；下片通过对比历史和现实，表达了词人对统治阶级醉生梦死、荒淫误国的不满，反映出词人忧国忧民的思想感情。

江城子·密州出猎

苏轼

老夫聊发少年狂①，左牵黄②，右擎苍③，锦帽貂裘，千骑卷平冈。为报倾城随太守④，亲射虎，看孙郎⑤。

酒酣胸胆尚开张，鬓微霜，又何妨！持节云中⑥，何日遣冯唐？会挽雕弓如满月，西北望，射天狼⑦。

注释

① 聊：姑且，暂且。

② 黄：黄犬。

③ 苍：苍鹰。

④ 太守：指词人自己。

⑤ 孙郎：孙权。

⑥ 节：兵符，传达命令的符节。云中：汉时郡名。

⑦ 天狼：星名，这里隐喻侵犯北宋边境的辽国与西夏。

词意

　　我姑且抒发一下少年时的壮志豪情，左手牵着黄犬，右臂擎着苍鹰，头戴华美的帽子，身穿貂鼠皮衣，跟随的人马浩浩荡荡，卷起尘土，席卷了整座山冈。报知全城的百姓跟随他们的太守，我要亲自射杀猛虎，就像当年的孙权那样。

　　我畅饮美酒，胸怀开阔，胆气横生，就算两鬓已经微微泛白，又有什么关系！皇上何时会派人手持符节来到我的面前，就像汉文帝派遣冯唐去云中赦免魏尚那样信任我呢？到那时，我一定会把雕弓拉满，瞄准西北，射向西夏的军队。

品故事

　　苏轼是北宋著名的文学家，二十岁时考中进士，他考试时所写的文章得到了欧阳修的大力赞赏，一时间名动京城。但是，因为母亲和父亲先后病逝，苏轼不得不在踌躇满志的时候，两次回乡守孝。

　　守孝期满后，苏轼回到朝廷做官，他因为反对王安石变法，受到王安石的排挤。不得已，苏轼请求出京任职，皇帝同意了他的请求，任命他为杭州通判。

　　任期满后，苏轼被调去了密州。密州位于今天的山东省境内，在当时属于边远地区，从这个任命可以看出，朝廷并不重视苏轼。苏轼空有一腔抱负却无处施展，因此写下了这首《江城子》来抒发自己的报国热情。

赏析

　　这首词从词人打猎的盛况写起，然后转写射杀猛虎的志向，最后抒发了自己愿意为国家抗击敌人的远大抱负。整首词气象豪迈，以一个"狂"字贯穿全篇，读来有豪气干云之感。

眼儿媚·迟迟春日弄轻柔

朱淑真

迟迟春日弄轻柔^①，花径暗香流^②。清明过了，不堪回首，云锁朱楼^③。

午窗睡起莺声巧，何处唤春愁？绿杨影里，海棠亭畔，红杏梢头。

注释

①迟迟：阳光温暖，光线充足。轻柔：形容风和日暖。

②花径：花间的小路。暗香：指幽香。

③朱楼：指富丽华美的楼阁。

词意

春日温暖的阳光轻轻抚弄着柔软的柳枝，花园的小径上流动着花朵的幽香。可是清明过后，天却转阴，朱楼被云雾笼罩着，好像被锁住了一般，令人不堪回首。

午睡醒来，清脆婉转的莺啼唤起了我的春愁。这莺儿在哪里呢？是在那绿杨影里，是在那海棠亭畔，还是在那红杏梢头？

品故事

朱淑真，生卒年不详，号幽栖居士，出生于一个官宦家庭，自幼聪慧，酷爱读书，不仅擅长画画、精通音律，还写得一手好词，是南宋著名的女词人，与李清照并称"词坛双璧"。在无忧无虑的少女时代，朱淑真写下了"微凉待月画楼西，风递荷香拂面吹""独自凭栏无个事，水风凉处读残书"等清丽婉约的词句。可以看出，她早年的生活是非常富足、快乐和闲适的。

但是，随着时间的推移，小朱淑真渐渐长大、懂事了，有了心上人。后来，心上人离乡远行，这份美好的恋情就变成了苦涩的思念。朱淑真虽然身在家中，心却已经跟随恋人飘到了远方。有一天，她从午睡中醒来，听见黄莺动听的叫声，想起曾经也是在这样的时节，自己与心上人度过了多么美好的时光啊！想到这里，她的相思之情更加浓烈，于是提笔写下了这首缠绵婉转的《眼儿媚》。

赏析

这首词上片写景，通过描写天气从明媚到阴霾的转变，引出词人的惆怅之情；下片是词人的自问自答，充满妙趣，婉转地表达了词人的惜春之意。全词写景清新自然，写情含蓄和婉，十分别致。

减字木兰花·题雄州驿①

蒋氏女

朝云横度②，辘辘车声如水去③。白草黄沙④，月照孤村三两家。
飞鸿过也，万结愁肠无昼夜。渐近燕山⑤，回首乡关归路难⑥。

注释

① 驿：驿站。

② 朝：早晨。

③ 辘辘：车轮滚动的声音。

④ 白草：枯草。

⑤ 燕山：山名，在今河北省北部，宋时边境。

⑥ 乡关：故乡。

词意

早晨，满天乌云滚滚而来，囚车前行的辘辘声仿佛流水一去不返。满眼都是枯草和黄沙，月光照耀着的，是只有三两户人家的荒村。

大雁飞过，万千

愁思郁结难解，不分昼夜地萦绕在心头。燕山越来越近了，回望故国乡土，想要回去比登天还难。

品故事

北宋末年，金人大举入侵中原，阳武县（今河南原阳）遭金军围困，担任县令的蒋兴祖十分忠烈，率领阳武军民顽强抗争，誓死不屈，无奈寡不敌众，壮烈殉国，他的妻子和儿子也牺牲了。

蒋兴祖有一个女儿，当时只有十五岁，长得非常漂亮，擅长作诗填词。但是，她只是一个弱女子，无力改变国家和民族的命运，无法拯救自己的亲人，甚至不能决定自己的命运——金军攻破阳武县后，将她捉走，押往北方。

她坐在冰冷的囚车之中，听着辘辘的车声，看着苍凉的景色，牵挂着越来越远的故乡，知道这一去再也不能回来，心中充满了无限的凄苦之情。途中，金军在雄州驿站休息，她夜宿驿站，却辗转难眠，于是将一腔国破家亡的悲愤倾泻在墙壁上，写下了这首字字含泪的《减字木兰花》。

赏析

这是一首抒写亡国之悲、被俘之怨的词，上片写景，通过"朝云""白草""黄沙""孤村"等景色，烘托出凄凉的氛围；下片直抒胸臆，表达了词人对国破家亡、有家难回的哀恸之情。全词凄凉哀婉，读来催人泪下。

西江月·夜行黄沙道中①

辛弃疾

明月别枝惊鹊②，清风半夜鸣蝉。稻花香里说丰年，听取蛙声一片。

七八个星天外，两三点雨山前。旧时茅店社林边③，路转溪桥忽见④。

注释

① 黄沙：黄沙岭，位于江西上饶之西。
② 别枝惊鹊：惊动喜鹊飞离树枝。
③ 茅店：用茅草盖的乡村客店。社林：土地庙附近的树林。
④ 见：同"现"，显现、出现。

词意

明月升上树梢，惊飞了枝头的喜鹊；晚风清凉，送来了远处的蝉鸣。稻花飘香，人们谈论着丰收的年景，青蛙欢快的叫声连成一片。

天边，几颗星星忽明忽暗；山前，落起了淅淅沥沥的小雨。熟悉的乡村客店依旧坐落在社林旁边，转过山路，小桥流水就映入了眼帘。

品故事

　　南宋绍兴年间，金人大举南侵，二十一岁的辛弃疾聚集两千人参加抗金斗争，表现英勇，得到了宋高宗的赏识。于是，二十三岁时，辛弃疾步入了官场。

　　不久后，宋孝宗即位，展示出了抗击金人、收复失地的锐气，辛弃疾踌躇满志，准备大展宏图，写了不少关于北伐抗金的文章，阐述自己的想法和建议，被人们广为传诵。但是，南宋朝廷的本质是软弱的，并没有抗金的决心，因此这些文章并没有受到朝廷的重视。

　　其实，南宋朝廷更看重辛弃疾的治理才能，让他担任过很多重要地区的地方官，负责治理荒政、整顿治安。这些工作，辛弃疾都完成得很出色，但他始终没有放弃抗金的主张，因此遭到官场的排挤，后来遭到罢免。

　　辛弃疾被罢免后，在上饶闲居了将近十五年。上饶县的西边有一个黄沙岭，风景怡人，辛弃疾经常到这里游玩，写了不少词作，这首《西江月》就是其中之一。

赏析

　　这是一首歌咏田园风光的词作，词人巧妙地把明月、清风、喜鹊、鸣蝉、青蛙等平常事物组合在一起，营造出静谧、祥和的氛围，烘托了词人愉悦的心境，让人读之神往。

永遇乐·京口北固亭怀古①

辛弃疾

千古江山，英雄无觅、孙仲谋处②。舞榭歌台，风流总被，雨打风吹去。斜阳草树，寻常巷陌，人道寄奴曾住③。想当年，金戈铁马，气吞万里如虎④。

元嘉草草⑤，封狼居胥⑥，赢得仓皇北顾。四十三年，望中犹记，烽火扬州路。可堪回首，佛狸祠下⑦，一片神鸦社鼓⑧。凭谁问，廉颇老矣⑨，尚能饭否？

注释

① 京口：今江苏省镇江市。

② 孙仲谋：孙权，字仲谋，三国时吴国国君。

③ 寄奴：南朝宋武帝刘裕小名。

④ "想当年"三句：指刘裕两次领兵北伐，收复洛阳、长安等地等往事。

⑤ 元嘉草草：宋文帝刘义隆于元嘉年间草率出兵北伐，结果惨败。

⑥ 封狼居胥：汉代将军霍去病远征匈奴，大胜，追敌至狼居胥，封山而还。

⑦佛狸祠：北魏太武帝拓跋焘在行军途中所建的行宫。

⑧神鸦：指在庙里吃祭品的乌鸦。社鼓：祭祀时的鼓声。

⑨廉颇：战国时赵国名将。

词意

千古江山，再难找到像孙权那样的英雄。舞榭歌台依旧，英雄人物却已不再。斜阳下长满草树的寻常街巷，据说是刘裕住过的地方。想当年，他领军北伐时，手持长戈、身披铠甲，那气吞万里的雄姿如同猛虎。

但是刘裕之子好大喜功，想像霍去病那样建立封狼居胥的功勋，因此草率北伐，却反而给了对手挥师南下的机会。我回到南方已经四十三年了，仍然记得当年扬州路上，到处弥漫着金兵南侵的战火烽烟。怎么忍心回首，佛狸祠

竟然成了祭祀之地，人们全然不知这里曾是北魏太武帝的行宫。谁还会问，廉颇老了，饭量还好吗？

品故事

　　韩侂胄，字节夫，南宋权相、爱国大臣。他是一个主战派，独揽朝政期间，主张发动北伐、抗击金人，还重新起用了主战派元老辛弃疾。

　　南宋嘉泰年间，辛弃疾奉命来到镇江，戍守京口。辛弃疾和韩侂胄虽然都是主战派，但他们在"怎么战"这个问题上有很大分歧：韩侂胄认为应该积极北伐；辛弃疾则主张先防御，等准备充分之后再北伐。所以，韩侂胄并没有打算真的重用辛弃疾，只是想利用辛弃疾的名声，让更多人响应自己的主张。

　　辛弃疾十分清楚韩侂胄的想法，所以上任后虽然尽职尽责，但也难免忧心忡忡，一方面是因为知道自己难以施展抱负，另一方面是担心韩侂胄的轻敌冒进会导致北伐失败。一天，辛弃疾来到京口北固亭登高远眺，想到自己的处境和国家的困境，不禁感慨万千，写下了这首荡气回肠的《永遇乐》。

赏析

　　这首词的上片，词人回忆了三国时期的江东之主孙权和挥师北伐的刘裕，表达了对他们的崇敬之情；下片，词人借刘义隆草率出兵的历史事件来影射南宋朝廷"隆兴北伐"的失利，表达自己支持抗金但反对冒进的政治主张，并通过"廉颇老矣，尚能饭否？"来表明自己愿意为国效力的拳拳之心。

渔家傲·秋思

范仲淹

塞下秋来风景异。衡阳雁去无留意①。四面边声连角起②。千嶂里，长烟落日孤城闭。

浊酒一杯家万里。燕然未勒归无计③。羌管悠悠霜满地④。人不寐，将军白发征夫泪。

注释

① 衡阳：位于今湖南省。相传雁飞至此，不再南飞。

② 边声：指边境上羌管、胡笳、画角等乐器的声音。

③ 燕然：即杭爱山，位于今蒙古人民共和国境内。勒：刻石记功。

④ 羌管：即羌笛，出自西北羌族，因此称"羌管"。悠悠：绵长而又忧伤的样子。

词意

塞外的秋日风光与江南不同，大雁飞回衡阳，没有停留的意思。边塞之声此起彼伏，连成一片，层峦叠嶂之中，孤零零的城门在暮色下紧闭不开。

饮一杯浊酒，想起万里之外的家乡，因为没有像窦宪那样刻

渔家傲·秋思

石燕然，所以不能回还。羌笛悠扬，霜雪满地，久戍边塞的将士们夜不能寐，将军的头发已经变白，战士们流下了思乡的眼泪。

品故事

李元昊称帝、创建西夏国后，西夏军队频繁入侵北宋，而北宋军队连战连败。在这种危急的情况下，北宋朝廷不得不重新起用因为直言进谏而被贬谪的范仲淹，让他担任陕西经略副使兼知延州（今陕西延安），负责防卫西北边疆。

延州地处边关，在西夏军队入侵时遭到了极大的破坏，范仲淹来到这里时，看到的是一片满目疮痍的悲惨景象。于是，他立刻开始修复设施，安抚民众，整顿军队。在范仲淹的精心治理下，延州的北宋军队一改往日萎靡不振的面貌，兵强马壮，号令严明，士气大振，击退了西夏军的多次入侵，西夏人对范仲淹颇为忌惮，称范仲淹"腹中有数万甲兵"。就是在戍守延州期间，范仲淹写下了这首苍凉悲壮的《渔家傲》。

赏析

这是一首意境开阔的边塞词，上片写景，描绘出萧瑟、苍凉的边塞景色；下片抒情，表达了戍边将士的壮志难酬和思乡之情，读来有荡气回肠之感。

木兰花·戏林推^①

刘克庄

年年跃马长安市^②，客舍似家家似寄。青钱换酒日无何^③，红烛呼卢宵不寐^④。

易挑锦妇机中字^⑤，难得玉人心下事。男儿西北有神州，莫滴水西桥畔泪。

注释

① 林推：姓林的推官。

② 长安：借指南宋都城临安（今杭州）。

③ 青钱：一种古铜钱。无何：不过问其他事情。

④ 呼卢：古时的一种赌博游戏。

⑤ 机中字：织锦中的文字。前秦女诗人苏蕙嫁给刺史窦滔为妻，窦滔移情别恋，苏蕙织了一匹锦缎，上有八百多个字，可组成七千多首情诗，称《璇玑图》，使窦滔回心转意。

词意

年年骑着高头大马在京城里东游西荡，把客舍当成家，家反而成了客舍。挥霍钱财换酒买醉，无所事事，晚上点燃蜡烛赌博，彻夜不眠，直到天亮。

木兰花·戏林推

妻子的真情容易得到，妓女的心思却难以捉摸。男儿应该立志收复西北的失地，不要为了红粉知己轻易落泪。

品故事

刘克庄，字潜夫，号后村，南宋豪放派词人，曾任工部尚书、焕章阁学士等职，有着一颗拳拳爱国之心，对国家衰弱的现实深感忧虑，可惜年老时因为直言进谏而被贬谪。

这首词里的"林推"，是刘克庄的一个姓林的朋友，当时担任节度推官，这是一个很小的地方官职，主要任务是辅佐县长官处理政事。林推官正值青春年华，心怀远大的抱负，认为自己的官职太小，很不满意，于是干脆破罐破摔，过上了"年年跃马长安市，客舍似家家似寄"的放荡生活。

刘克庄看朋友年纪轻轻就虚度光阴，非常着急，就想劝他回归正途。可是直接劝说，效果肯定不好，那应该怎么办呢？最后，聪明的刘克庄想到了一个办法——写一首词送给朋友，把自己的想法藏在词句之中，相信林推官一定能够明白他的一番良苦用心。于是，刘克庄用戏谑的语气写下了这首《木兰花》。

赏析

这首词题为"戏"，实际上是"劝"，上片指出林推官奢靡、放纵的生活方式，一个轻狂放荡的浪子形象跃然纸上；下片含蓄地批评他迷恋妓女、疏远妻子，接着劝他树立建功立业的抱负，不要虚度光阴。全词有着高昂的情感基调，柔中带刚，读后有醍醐灌顶的效果。

临江仙·梦后楼台高锁

晏几道

梦后楼台高锁，酒醒帘幕低垂。去年春恨却来时^①。落花人独立，微雨燕双飞。

记得小蘋初见^②，两重心字罗衣^③。琵琶弦上说相思。当时明月在，曾照彩云归^④。

注释

① 春恨：春愁。却来：又来，再来。

② 小蘋：歌妓的名字。

③ 心字罗衣：织有重叠的心字图纹的罗衣，一说用一种心字香熏过的罗衣。这里有深情蜜意的双关含义。

④ 彩云：比喻美人。

词意

梦醒后，只见高高的楼台上房门紧锁；酒意消退，但见帘幕低垂。去年的春愁再次

涌上心头。孤单的人儿在落花中独自站立，成双的燕子在细雨中翩翩飞翔。

记得与小蘋初次相见，她穿着织有两重心字图纹的罗衣。轻弹琵琶诉说相思之情。当时的明月如今依然皎洁，曾照耀着她彩云般翩然而归的身影。

品故事

晏几道，字叔原，号小山，北宋词人，父亲是当朝宰相、著名词人晏殊。作为家中最小的儿子，晏几道受尽宠爱，而他也不负众望，在很小的时候就展现出了不凡的文学天赋，七岁就能写文章，十四岁就考中了进士。

但是，晏几道没有什么远大的志向，一直过着奢华、放纵的生活，把《木兰花·戏林推》中描述林推官的词用在他身上，再合适不过了。在这段时间里，晏几道结识了不少歌女，为她们写下了许多词作，这首《临江仙》就是他怀念一个名叫"小蘋"的歌女时所写的。

但是，这种纵横诗酒、斗鸡走马的生活并没有持续多久。晏几道十七岁时，父亲晏殊去世，晏家开始走向衰落。祸不单行，晏几道受朋友牵连，因为一首所谓的反诗被捕入狱，后来虽然无罪释放了，但这对他来说无疑是一个很大的打击。之后，晏几道由于没有谋生的本领，很快就坐吃山空，陷入了穷困潦倒的境地。

赏析

词的上片写的是当前的情景，"楼台高锁""帘幕低垂"营造出人去楼空的寂寥之感，"人独立"和"燕双飞"的鲜明对比则将这种寂寥烘托到了极致；下片是词人回忆与小蘋共同度过的美好时光，字字含情，具有很强的艺术感染力。

饮马歌·边头春未到

曹勋

边头春未到，雪满交河道^①。暮沙明残照，塞烽云间小^②。断鸿悲，陇月低，泪湿征衣悄。岁华老^③。

注释

① 交河：古县名，这里泛指塞外。

② 塞烽：塞上烽火。

③ 岁华：年华。

词意

边塞的春天还没有来，积雪落满了交河的大道。残阳斜照着白茫茫的大漠，边塞的烽火台高耸入云，看起来是那样渺小。落单的孤雁叫声悲戚，明月低悬在陇山之上，泪水悄悄打湿了戍边将士的军衣。岁月匆匆，年华已老。

　　曹勋，字公显，号松隐。曹勋二十九岁那年，金军大举南侵，攻占北宋都城汴京，延续了一百六十多年的北宋王朝覆灭，这就是著名的"靖康之变"。当时，包括宋徽宗和宋钦宗在内的三千多名宋人被金军押往北方的金国，曹勋也在其中。

　　靖康之变发生后，宋徽宗的儿子赵构称帝，建立南宋王朝，赵构就是宋高宗。不久，一个人受宋徽宗所托，风尘仆仆地来到宋高宗面前，呈上写有宋徽宗亲笔信的衣服，宋高宗读了以后，泪流不止。这个人就是从北方逃回的曹勋，他因此在南宋朝廷做了官。

　　由于曹勋对北方的情况比较了解，所以后来多次代表南宋朝廷出使金国。就在这个过程中，他发现金人喜欢用笛子吹奏一首曲子，音调十分凄凉悲壮，据说金兵统帅兀术在战斗时，一听到这首曲子就充满斗志，鏖战不休。于是，曹勋根据这首曲子填了一首词，这就是《饮马歌》。

　　"雪满交河道"写的是边塞气候之恶劣，"暮沙明残照，塞烽云间小"写的是边塞环境之荒凉，"断鸿悲，陇月低"写的是边塞夜晚之孤寂，烘托出凄凉的氛围，为描写戍边将士落泪的场景做好了铺垫。将士为什么落泪呢？"岁华老"三个字值得我们细细品味。

木兰花·春景

宋祁

东城渐觉风光好①。縠皱波纹迎客棹②。绿杨烟外晓寒轻③，红杏枝头春意闹。

浮生长恨欢娱少。肯爱千金轻一笑。为君持酒劝斜阳，且向花间留晚照④。

注释

① 东城：泛指城市之东。

② 縠皱：有皱褶的纱。棹：船桨，此指船。

③ 烟：指笼罩着杨柳梢的薄雾。晓：早晨。

④ 晚照：夕阳的余晖。

词意

漫步东城，感到风光越来越好；小船悠悠，荡起皱纱般的水波。薄雾带着些许早晨的寒意，笼罩着碧绿的柳丝；红色的杏花开满枝头，春意盎然。

总是抱怨人生短暂，欢娱太少，怎肯因为舍不得千金而轻视了欢笑？为你举起酒杯，劝说斜阳不要那么快落下，让那余晖在花丛中多留一会儿吧。

木兰花 · 春景

品故事

宋祁，字子京，北宋官员、文学家、史学家、词人。二十六岁时，宋祁和哥哥宋庠一起参加科举考试，取得了第十名的好成绩，自此开始了自己的官宦生涯。

有一年，宋仁宗下令重新编修一部唐代史书，由欧阳修主持。很快，编修工作如火如荼地展开了，参与的人都是当时的名士，如梅尧臣、吕夏卿、范镇、宋敏求等，宋祁也在其中。历经了十多个春夏秋冬，这部史书终于编修完成，就是我们现在看到的《新唐书》。

在编修《新唐书》的过程中，宋祁忙里偷闲，创作了这首《木兰花》。《新唐书》编修完成后，宋祁被提拔为工部尚书，因为他的《木兰花》里有一句"红杏枝头春意闹"，所以得到了"红杏尚书"这个雅称。

赏析

这是一首早春词，上片描绘生机勃勃的早春美景，下片表达词人对美好春光的无限留恋之情。整首词格调明快、情感健朗，尤其是"红杏枝头春意闹"一句，将春天之美有声有色、活灵活现地展现了出来，是全词的点睛之笔。

唐多令·芦叶满汀洲

刘过

芦叶满汀洲^①。寒沙带浅流。二十年、重过南楼。柳下系船犹未稳，能几日、又中秋。

黄鹤断矶头^②。故人今在否。旧江山、浑是新愁。欲买桂花同载酒^③，终不似、少年游。

注释

①汀洲：水中小洲。

②黄鹤矶：位于今湖北武昌近江处。相传仙人曾乘黄鹤来到此处，后有人建楼以记之。

③桂花：酒名。

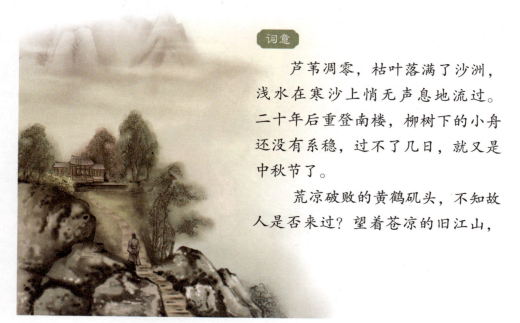

词意

芦苇凋零，枯叶落满了沙洲，浅水在寒沙上悄无声息地流过。二十年后重登南楼，柳树下的小舟还没有系稳，过不了几日，就又是中秋节了。

荒凉破败的黄鹤矶头，不知故人是否来过？望着苍凉的旧江山，又平添了许多新愁。想买上一坛桂花酒泛舟遨游，但终究不像少年时那般意气风发了。

品故事

刘过，字改之，号龙洲道人，南宋文学家。他胸怀大志，很有文采，但是参加了四次科举考试都名落孙山。不过，姜夔、陆游、辛弃疾、陈亮等当时有名的文人都很欣赏他的才华，与他一起交游，建立了深厚的友谊。

有一年，人们在湖北武昌的黄鹄山上修建了一座小楼，名叫"安远楼"，又叫"南楼"。三十二岁的刘过和姜夔等友人前来游玩，这件事被姜夔记载在《翠楼吟》中。

二十年后，中秋佳节将至，刘过和一众友人在安远楼小聚。对他来说，这次聚会悲伤多于开心，因为当年一起游玩的友人，如今很多都难以再见面了；因为这时的他已年过半百，不再是从前那个意气风发的青年了；因为他空有一腔抱负却无处施展，虚度了大好年华；还因为当时的南宋朝廷国运衰微，风雨飘摇……就在刘过感慨万千的时候，一名歌妓仰慕他的文采，请他写一首词。于是，他写下了这首情致哀婉的《唐多令》。

赏析

这首词以萧瑟的秋景开篇，为全词奠定了低沉、凄怆的情感基调；接着指出时间是"二十年后"，引出下片物是人非的感慨，表达了词人对年华逝去和故人不再的感伤，以及忧国伤时的情怀。

浣溪沙·一向年光有限身

晏殊

一向年光有限身^①。等闲离别易销魂^②。酒筵歌席莫辞频。满目山河空念远^③，落花风雨更伤春。不如怜取眼前人。

注释

① 一向：片刻。向，同"晌"。

② 等闲：平常，往常。销魂：谓心灵震荡，如魂飞魄散，形容极度哀愁感伤。

③ 念远：思念远方的友人。

词意

时光匆匆，生命有限，无端的离别总是让人悲痛欲绝，不要因为次数多而推辞酒筵歌席。

远望河山，徒然思念远方的亲友，风雨吹落繁花的时候，伤春之情更浓，不如好好珍惜眼前的人。

品故事

晏殊，字同叔，北宋政治家、文学家，担任过太子舍人、翰林学士、枢密副使等职，最高做到了宰相。

晏殊虽然享受着高官厚禄，但他始终坚守着自己的本心。三十六岁那年，他因为直言进谏得罪了太后，被贬到地方做官，但他没有消沉，而是积极开办学校、培育人才。被贬期间，他经常抽空和朋友外出游玩。有一次，他和朋友王琪、张亢驾船游湖，善于驾船的王琪玩心大起，把船横在小桥下，然后说是晏殊没有划好，晏殊顿时羞红了脸。接着，王琪将船划出桥下，晏殊明白他是在故意使坏，不仅没有生气，反而和朋友一起哈哈大笑。

因为坚守本心，所以晏殊在工作上勤勤恳恳，在生活中开朗豁达。也是因为坚守本心，他没有在荣华富贵之中迷失自己，而是预见到了繁华散去后的落寞与凄凉，所以常常感叹人生有限、悲欢无限。但是，在思考之后，他意识到把握好当下才是最重要的。于是，在一次宴会后，他研墨提笔，写出了这首饱含人生哲理的《浣溪沙》。

赏析

在这首词中，词人表达了对生命有限和世事无常的感叹，最后得出结论：要好好珍惜眼前。全词风格闲雅，气象温婉，意境开阔，富含哲理，韵味无穷。

一剪梅·红藕香残玉簟秋

李清照

红藕香残玉簟秋 ①。轻解罗裳，独上兰舟。云中谁寄锦书来 ②？雁字回时 ③，月满西楼。

花自飘零水自流。一种相思，两处闲愁 ④。此情无计可消除 ⑤，才下眉头，却上心头。

注释

① 红藕：红色的荷花。玉簟：光滑似玉的竹席。

② 锦书：书信的美称。

③ 雁字：群雁飞行时常排成"一"字或"人"字，此用"雁字"代指群飞的大雁。

④ 闲愁：无端无谓的忧愁。

⑤ 无计：没有办法。

红荷已经凋谢，芳香不再，光滑似玉的竹席透出秋天的凉意。轻轻脱下罗绸外裳，独自登上小舟。那白云舒卷的远方，谁会将锦书寄来？雁群南归时，皎洁的月光洒满了西楼。

花儿自顾自地飘零，水儿自顾自地流走。一种离别的相思，勾起了两地的闲愁。这相思的愁绪没有办法消除，才从眉间消失，就又涌上了心头。

品故事

那是在火树银花的元宵佳节，吏部侍郎之子赵明诚第一次见到了李清照。在璀璨灯火的映照下，她美丽的容颜更显清丽脱俗，而她灵动的文采更是深深地打动了他的心。于是，赵明诚求父亲去李家提亲，这桩门当户对的亲事很快就定了下来。

很快，赵、李两家的婚礼在汴京拉开了帷幕：新郎是宦门才俊，意气风发，前途无量；新娘是大家闺秀，精通琴棋书画、诗词歌赋。两人可谓是门当户对、郎才女貌。

婚后，赵明诚和李清照过上了和谐、高雅的生活。他们都喜欢金石碑刻，因此每月的初一和十五，赵明诚从太学放假时，两人就会去购买书画、碑帖等，回家一起研究。

但是好景不长，没过多久，李家受到朝廷党争的牵连，被禁止在京城居住，只得回山东老家，而赵明诚当时在朝廷任职，不能同往，夫妻二人被迫分隔两地。回到家乡后，李清照非常想念丈夫，于是写下这首《一剪梅》倾诉衷肠。

赏析

这首词表达的是初婚少女与丈夫离别后无法排遣的相思之情，全词语言明白如话，却富有艺术美。词人用不落俗套的方式，将女性特有的细腻情感展现得淋漓尽致，格调清新，是婉约词中的名篇。

醉花阴·薄雾浓云愁永昼

李清照

薄雾浓云愁永昼，瑞脑^①消金兽。佳节又重阳，玉枕^②纱厨，半夜凉初透。

东篱把酒黄昏后^③，有暗香盈袖。莫道不消魂，帘卷西风，人比黄花瘦。

注释

① 瑞脑：即龙脑，是一种名贵的香料。金兽：兽形铜香炉。

② 玉枕：瓷枕的美称。纱厨：即纱帐。

③ 东篱把酒黄昏后：语本陶渊明《饮酒》诗"采菊东篱下，悠然见南山"。

词意

薄雾弥漫，云层厚重，这样的白昼漫长得让人发愁；金兽香炉之上，龙脑香烟雾缭绕。又到了重阳佳节，枕着玉枕，卧在纱帐之中，半夜的凉意刚刚浸透了全身。

在东篱饮酒直到黄昏过去，菊花的幽香盈满了衣袖。不要说清秋时节不惹人神伤，秋风把珠帘卷起，帘内的人比菊花还要消瘦。

品故事

北宋时期，围绕着王安石变法，朝廷曾分为两个党派，一个是支持变法的元丰党人，另一个是反对变法的元祐党人。

支持变法的宋徽宗继位后，开始迫害元祐党人，下令禁止元祐党人的子女在京城居住，而李清照的父亲李格非正是元祐党人。因此，李清照不得不回到山东老家。当时，赵明诚刚被任命为鸿胪少卿，无法与李清照一同前往，夫妻二人从此一别三年。

三年间，李清照对丈夫的思念从未间断。一个重阳佳节，她写了这首《醉花阴》，借歌咏菊花来表达对丈夫的思念之情。写完后，她把这首词寄给赵明诚，赵明诚看了非常感动，一连写了五十多句词。写好后，他把李清照的《醉花阴》和自己的词句混在一起拿给朋友看，朋友说有三句极佳："莫道不消魂，帘卷西风，人比黄花瘦。"正是《醉花阴》中的句子，可见李清照才情不凡。

赏析

词的上片写重阳佳节，字里行间流露出淡淡的忧愁；下片写词人喝酒赏菊的情景，用菊花来比人，将忧愁的情绪推向了高峰。全词情景交融，含蓄婉转，感情细腻，言有尽而意无穷。

声声慢·寻寻觅觅

李清照

寻寻觅觅，冷冷清清，凄凄惨惨戚戚。乍暖还寒时候^①，最难将息^②。三杯两盏淡酒，怎敌他、晚来风急。雁过也，正伤心，却是旧时相识。

满地黄花堆积。憔悴损、如今有谁堪摘。守着窗儿，独自怎生得黑。梧桐更兼细雨，到黄昏、点点滴滴。这次第，怎一个愁字了得。

注释

① 乍暖还寒：初春忽冷忽热的天气。
② 将息：休养。

苦苦地反复寻觅，却只见满目冷清，让人感到忧愁苦闷。乍暖还寒的时节，最难保养调息。喝下三两杯淡酒，怎么抵挡得住晚风的寒意？大雁飞过，更让人伤心，因为都是旧日的相识。

园中的菊花落了满地，憔悴不堪，如今还有谁来采摘呢？独自守在窗前，怎样才能熬到天黑？梧桐叶上，小雨

渐渐沥沥，到了黄昏，依然是点点滴滴。这情景，一个"愁"字怎能说尽！

赵明诚的父亲赵挺之在政治斗争中失败，被罢官，不久病逝。随即，赵挺之被政敌诬陷，赵家人被捕。后来朝廷找不到证据，只能将赵家人无罪释放，可赵家从此一蹶不振。赵明诚难以在京城安身，就回到了老家青州，李清照一同前往，夫妻二人得以团聚。

在青州，李清照和赵明诚每天以整理书画、研究碑刻等为乐，度过了一段平静祥和的岁月。后来，赵明诚因母亲去世，南下江宁奔丧，同年又发生了靖康之变，北宋灭亡。不久，青州兵变，李清照带着与丈夫共同收集的书籍、器物南下，与丈夫重聚。

投奔南宋朝廷后，赵明诚被任命为湖州知州，夫妻二人再次分别。不想赵明诚在途中身染重疾，李清照匆匆赶来时，赵明诚已经命在旦夕，不久便撒手人寰。此后，李清照孤身一人继续流亡，亡国之恨和丧夫之痛凝集在心中，化作了这首字字悲切的《声声慢》。

这是一首悲秋词，开篇一连使用七组叠词，如泣如诉，为全词奠定了哀婉凄绝的基调。上片写词人寻觅无果，借酒浇愁，但愁情更浓；下片写菊花凋零、雨打梧桐的哀景，将独守窗前的词人衬托得更加凄苦无依，最后的感叹句将愁情推向顶峰，言已尽而意无穷。

武陵春·春晚

李清照

风住尘香花已尽①，日晚倦梳头。物是人非事事休②，欲语泪先流。

闻说双溪春尚好③，也拟泛轻舟。只恐双溪舴艋舟④，载不动许多愁。

note注释

① 尘香：指花落在地上，尘土也沾染了花的香气。

② 物是人非：事物依旧在，人却不似往昔了。

③ 双溪：水名，在浙江金华，是唐宋时有名的游览胜地。

④ 舴艋：即小舟。

武陵春·春晚

风停了，花朵凋零，只有尘土还散发着花香；太阳已经升得很高，却没有心思梳妆打扮。物是人非，所有事情都画上了休止符；想要诉说心中的哀愁，泪水却先流了下来。

听说双溪的春色尚好，我也打算前去泛舟。只是担心双溪和小舟，载不动我心中这么多的忧愁。

品故事

赵明诚不幸病逝，留给李清照的不只是悲恸，还有书籍两万卷、金石刻两千卷，它们凝聚着赵明诚和李清照的无数心血，更是他们幸福婚姻的见证，对李清照来说是无价之宝。当时战况紧急，李清照又是孤身一人，于是她把这些书卷寄往洪州的亲戚家中，以便妥善保管。哪知几个月后，金兵攻陷洪州，这些书卷就都散失了。

李清照听闻了这个消息，还来不及悲伤，战火又至，于是带着少数便于携带的书画文物只身流亡，一路辗转了多个地方。有一年，她流亡到越州，借住在一户姓钟的人家，不想夜间失盗，书画文物几乎都被盗走，李清照悲痛不已。

数年后，李清照逃到金华避乱，第二年写成这首《武陵春》，感叹自己辗转漂泊、孤苦无依的身世。

赏析

词人借暮春之景，以第一人称的口吻来表达内心的忧愁与苦闷。全词一唱三叹，韵律深沉忧郁，用语虽然简练，却字字凄婉，感人肺腑，动人心弦。

渔家傲·天接云涛连晓雾

李清照

天接云涛连晓雾，星河欲转千帆舞①。仿佛梦魂归帝所②。闻天语，殷勤问我归何处。

我报路长嗟日暮，学诗谩有惊人句③。九万里风鹏正举④。风休住，蓬舟吹取三山去⑤！

注释

① 星河：银河。

② 帝所：天帝居住的地方。

③ 谩有：空有。

④ 鹏：古代神话传说中的大鸟。

⑤ 三山：神话传说中，位于渤海中的蓬莱、方丈和瀛洲三座仙山。

词意

水天相接，蒙蒙晨雾笼罩着云涛；银河流转，就像千万张船帆随风起舞。好像梦回天庭。我听见天帝的声音，他热情地问我要去往哪里。

我回答说路途遥远，又感叹已是黄昏时分；学习作诗，即使能写出惊人的句子，又有什么用呢？九万里的长空之上，大鹏展翅翱翔。风千万不要停息，请将这一叶轻舟吹往蓬莱仙山吧！

品故事

李清照在南逃的过程中，历经了坎坷。她曾想投奔住在台州的兄弟李远。哪知她赶到台州时，台州太守已经弃城逃走，整座城市都陷入巨大的混乱之中，李清照无处可去，于是回头来到剡县，出睦州，直奔黄岩而去。

为了加快赶路的速度，李清照丢掉了许多衣服和被褥，却唯独舍不下那些书卷。到达黄岩后，她雇了一艘船，打算由海路前往高宗皇帝的驻地。

在海上航行的这段时间里，李清照既看到了大海的美丽，也见识到了风浪的凶险，联想到自己的处境，她有感而发，写下了这首《渔家傲》，记录下波澜壮阔的海景，同时寄托了自己美好的愿望。

赏析

李清照是婉约派的代表词人，这首词却气势豪迈，格调磅礴，在她的词作中独树一帜。词的上片写景，下片抒情，将现实和想象融为一体，以浪漫主义的艺术构想表达了词人对现实的不满和对理想境界的追求。

浣溪沙·一曲新词酒一杯

晏殊

一曲新词酒一杯^①。去年天气旧亭台。夕阳西下几时回^②。
无可奈何花落去，似曾相识燕归来。小园香径独徘徊^③。

注释

① 新词：刚填好的词，意指新歌。
② 几时回：什么时候回来。
③ 香径：落花满径，留有芬芳，故云香径。

词意

听一曲新词，饮一杯美酒，还是去年的天气和旧时熟悉的亭台。夕阳西下，什么时候才会再回来？

面对凋零的花朵，我无可奈何，那归来的燕子似曾相识。我独自在弥漫着花香的园中小径上徘徊。

品故事

晏殊自幼聪明好学，被称为"神童"，十几岁时就被推荐给了朝廷。随即，晏殊和一千多名贡士一起参加殿试。殿试是科举中最高一级的考试，在皇宫大殿上举行，由皇帝亲自主持。

面对如此重要的考试，小晏殊却面不改色，很快就完成了答卷，皇帝看后非常欣赏。一年后，晏殊升任太常寺奉礼郎。此后，他便一路平步青云，先后担任过光禄寺丞、户部员外郎、太子舍人、翰林学士等职，最高做到了宰相。

纵观晏殊的一生，他的仕途虽然有一些起伏，但总的来说十分平坦，担任过许多要职，也提拔了不少人才。可是，他并没有什么大的政绩，因此年纪越大，就越容易感叹年华易逝、迟暮落寞，这首《浣溪沙》就是他在这样的心境中写下的。

赏析

词人一边听曲，一边饮酒，本应是快乐的、舒心的，却因为"去年天气旧亭台"而触发了对往昔的追忆之情。全词清丽自然、音韵和谐，表达了词人对时光易逝、难以追回的感慨，耐人寻味。

卜算子·咏梅

陆游

驿外断桥边①，寂寞开无主。已是黄昏独自愁，更著风和雨②。
无意苦争春③，一任群芳妒④。零落成泥碾作尘，只有香如故。

注释

① 驿外：指荒僻、冷清之地。驿：驿站。
② 著：遭受，承受。
③ 苦：尽力，竭力。
④ 一任：完全听凭。群芳：群花，百花。

词意

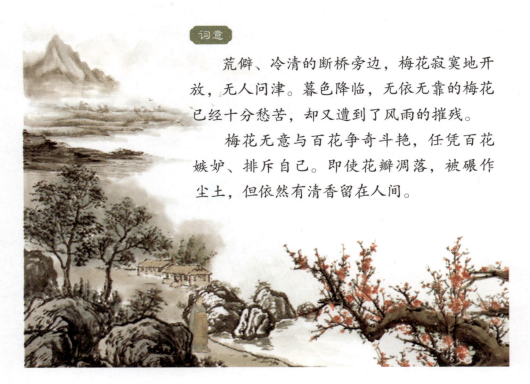

荒僻、冷清的断桥旁边，梅花寂寞地开放，无人问津。暮色降临，无依无靠的梅花已经十分愁苦，却又遭到了风雨的摧残。

梅花无意与百花争奇斗艳，任凭百花嫉妒、排斥自己。即使花瓣凋落，被碾作尘土，但依然有清香留在人间。

卜算子·咏梅

　　陆游出生时，正是北宋王朝摇摇欲坠、金人对北宋虎视眈眈的时期，他跟随家人不断逃亡，这段经历激发了他的爱国情怀。后来，北宋灭亡，南宋建立，陆游便把收复失地的希望寄托在了南宋朝廷身上，以科举考试第一名的身份踏上了仕途。

　　不幸的是，把持朝政的秦桧主张向金人投降，陆游却主张抗击金人、收复失地，所以一直不受朝廷的重用。而秦桧死后，陆游依然仕途不顺。原来，整个南宋朝廷都没有抗击金人的勇气，也没有收复失地的志气。他们看不惯主张抗金的陆游，不喜欢陆游所写的抗金题材的诗文。所以，陆游曾两次被罢免。

　　尽管历经坎坷，但陆游的爱国热情并未冷却半分，这在他的诗文中多有体现。比如，在这首《卜算子》中，陆游就把自己比作"零落成泥碾作尘，只有香如故"的梅花，来表达自己矢志不渝的爱国情怀，反映出他坚贞不屈的高洁品格。

　　词的上片极力渲染梅花的悲惨处境，不仅孤单寂寞、无依无靠，还要承受风雨的摧残；词的下片笔锋一转，写梅花不媚俗、不屈邪的美好品格，即使零落成尘也不会改变。从表面上看词人是在赞美梅花，实际上是在表达自己不与世俗同流合污的决心。

定风波·莫听穿林打叶声

苏轼

莫听穿林打叶声，何妨吟啸且徐行①。竹杖芒鞋轻胜马②，谁怕？一蓑烟雨任平生③。

料峭春风吹酒醒④，微冷，山头斜照却相迎。回首向来萧瑟处，归去，也无风雨也无晴。

注释

① 吟啸：边歌咏边长啸，形容意态潇洒。
② 芒鞋：即草鞋。
③ 蓑：蓑衣，用草或棕毛编织的雨披。
④ 料峭：形容春风略带寒意。

词意

不要听那穿林打叶的声音，不妨一边吟咏长啸一边悠然前行。拄着竹杖、穿着草鞋，走得比骑马还轻快，有什么可怕的呢？披着一身蓑衣任凭风吹雨打，照样过我的一生。

微凉的风吹散了我的醉意，感觉有些冷，山头上放晴的斜阳却正好前来相迎。回头看一看那走过

的风雨萧瑟之处，回去吧，管他是风吹雨打还是晴空万里。

品故事

　　王安石被提拔为宰相后，开始推行新法，苏轼因为反对新法，被贬为地方官。为官期间，他看到了新法在实施过程中暴露出来的弊端，于是写诗文批评，不想因此引来了祸端：监察御史里行何正臣拿着这些诗词弹劾苏轼，称苏轼讽刺朝政。结果，苏轼被贬黄州，这就是著名的"乌台诗案"。

　　被贬黄州后，苏轼并没有消沉，而是保持着豁达、乐观的心态。春日的一天，他和朋友外出踏青，不想天气突变，下起雨来。当时，拿着雨具的仆从已经先走了，大家没有可以避雨的东西，所以都被淋湿了。朋友们都觉得很狼狈，只有苏轼泰然处之，依旧缓步而行。过了一会儿，天空放晴，苏轼写下了这首《定风波》。

赏析

　　词人醉酒回家途中，遇上下雨，借雨中且歌且行的洒脱行为，来表达自己虽然身处逆境，却既不害怕、也不沮丧的倔强性格和豁达心态。全词即景生情，语言诙谐，又富含哲理，值得细细品味。

念奴娇·赤壁怀古

苏轼

大江东去，浪淘尽，千古风流人物。故垒西边，人道是，三国周郎赤壁①。乱石穿空，惊涛拍岸，卷起千堆雪。江山如画，一时多少豪杰。

遥想公瑾当年，小乔初嫁了，雄姿英发②。羽扇纶巾③，谈笑间，樯橹灰飞烟灭④。故国神游⑤，多情应笑我，早生华发。人生如梦，一樽还酹江月⑥。

注释

①周郎：三国时吴将周瑜，字公瑾。

②英发：神采焕发。

③羽扇纶巾：此处指周瑜。

④樯橹：这里指曹操的水军战船。樯，挂帆的桅杆。橹，一种摇船的桨。

⑤神游：心向往之，如亲游其境。

⑥酹：以酒洒地，表示祭奠。

念奴娇·赤壁怀古

词意

长江之水浩浩荡荡，向东流去，滚滚浪花淘尽了多少千古英雄人物。人们都说那旧时营垒的西边，正是三国时周郎大破曹军的赤壁。嶙峋的乱石高耸入云，惊涛拍击着江岸，激起的浪花如同千堆白雪。江山如画，一时间涌现出多少豪杰。

遥想当年，周公瑾春风得意，刚刚娶了小乔为妻，英姿勃发，豪气干云。他手摇羽扇，头戴纶巾，谈笑之间，曹操的战船就在大火中灰飞烟灭。我神游当年的赤壁，应该笑话我多愁善感，过早地长出了白发。人生如梦，且洒一杯薄酒祭奠江上的明月。

品故事

苏轼被贬黄州时，有一次游览赤壁，想起周瑜在赤壁之战中大败曹操的历史，又想到自己的处境，感慨良多，于是写下了这首《念奴娇》。

赤壁之战发生在东汉末年，当时曹操率二十万大军南下，与孙刘联军在赤壁展开激战。由于曹兵不擅长在水上作战，于是曹操下令把船连在一起，好让兵马在船上能如履平地。孙吴大将周瑜一见，计上心来。

周瑜让黄盖诈降曹操，曹操信以为真。到了约定投降的那天晚上，黄盖率兵乘船来到曹营，曹操高兴地下令打开营门。这时，黄盖突然命士兵点燃了为首的十几艘船。这些船上装满了木柴和燃油，转眼就变成了"火船"，乘着风势冲向曹营。由于曹营的船彼此相连，所以很快被烧成了一片火海，曹操大败而归。

赤壁之战是我国历史上著名的以少胜多、以弱胜强的战役之一，为三国鼎立格局的形成奠定了重要基础。

赏析

这首词上片写景，下片写人，抒发了词人对往昔豪杰的怀念与敬仰之情，以及对自己仕途坎坷的无限感慨。全词境界宏大，气象磅礴，读来沉郁顿挫，有余音不绝之感。

青玉案·元夕

辛弃疾

东风夜放花千树。更吹落、星如雨^①。宝马雕车香满路。凤箫声动，玉壶光转^②，一夜鱼龙舞^③。

蛾儿雪柳黄金缕^④。笑语盈盈暗香去。众里寻他千百度。蓦然回首，那人却在，灯火阑珊处。

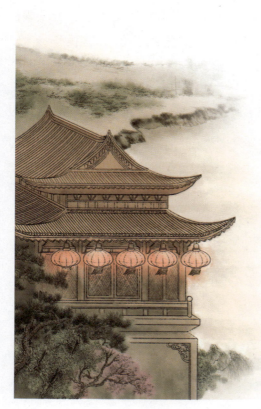

注释

① 星如雨：指灯火。

② 玉壶：指月亮。

③ 鱼龙舞：指鱼灯、龙灯之类。

④ 蛾儿、雪柳、黄金缕：都是妇女头上所戴之物。

词意

花灯灿烂，仿佛被东风吹得千树花开；天上的烟花，更像是被东风吹落的纷纷星辰。豪华的车马将芳香的气息洒了一路，箫声悠扬，明月西斜，鱼龙花灯彻夜飞舞。

美人们盛装打扮，笑语盈盈，所过之处，暗香浮动。我在人群中千百次地寻找她，猛然回

首，却发现她就站在那灯火稀疏的
地方。

品故事

时光匆匆，距南宋朝
廷建立已经过去了四十多
年，金人的威胁依然没有
消除。可是看那南宋的统治
者们，不但不思进取，反而沉迷
在享乐之中，妄想通过向金人求和来
保住自己的荣华富贵。对此，辛弃疾虽
然痛心疾首，却无能为力。

转眼又是元宵佳节，南宋都城临安一片欢声笑语。辛弃疾信步来
到街上，只见满城张灯结彩，璀璨光明；更有年轻女子打扮得花枝招
展，成了一道美丽的风景线。可是，面对这繁华热闹的景象，辛弃疾
一点也开心不起来，他想的是，金人已经兵临城下，可整个国家从上
到下依旧沉迷于声色歌舞，而我空有抱负却无处施展！

尽管如此，辛弃疾依然不肯同流合污。回家后，他提笔写下这首
《青玉案》，文中那个立在灯火阑珊处的人正是辛弃疾自己，这是他
在告诉世人：即使备受冷落，不被重用，我也不会改变抗金的志向！

赏析

词的上片写景，写尽了元宵之夜，满城灯火璀璨、烟花绚烂、百
姓狂欢的热闹景象；下片写人，先写美人群像，然后写"那人却在，
灯火阑珊处"，对比之下，给人遗世独立之感，寓意深刻。

南乡子·登京口北固亭有怀

辛弃疾

何处望神州？满眼风光北固楼①。千古兴亡多少事？悠悠。不尽长江滚滚流。

年少万兜鍪②，坐断东南战未休③。天下英雄谁敌手？曹刘④。生子当如孙仲谋。

注释

①北固楼：即北固亭。

②年少：年轻。这里指孙权十九岁成为江东之主。兜鍪：原指兵士所带的头盔，这里代指士兵。

③坐断：坐镇，占据，割据。

④曹刘：指三国时期的曹操与刘备。

词意

何处能够望见中原？站在北固楼上，满眼风光无限。古往今来，有多少国家兴亡更迭？时间漫长，难以知晓。只有那没有尽头的长江，依旧向东奔流不息。

孙权年纪轻轻就率领千军万马，坐镇东南，奋战不休。天下的英雄豪杰，谁是他的对手？只有曹操和刘备。难怪曹操说"生子当如孙仲谋！"

品故事

辛弃疾在六十多岁高龄时被任命为绍兴知府兼浙东安抚使，后又被调往镇江担任知府。镇江又称京口，当时是抗击金人的第二道防线。

但是，因为辛弃疾不赞同朝廷轻敌冒进的抗金策略，所以朝廷并不是真的要重用辛弃疾。辛弃疾也明白这一点，料定自己难有作为，因此在镇江任职期间，多次来到北固亭登高怀古，这首《南乡子》就是在这种背景下写成的。

不久后，由于谏官的攻击，辛弃疾被降职。他对朝廷彻底失望了，所以后来朝廷多次委任他官职，他都推辞不就，直到去世。相传，辛弃疾临终时还大喊"杀贼！"，可见他的杀敌报国之心有多么热忱，真是可悲、可叹、可敬！

赏析

这首词以自问自答开篇，意境高远，感情雄壮。词人借此词含蓄地讽刺了朝廷，委婉地表达了自己对朝廷抗金不力的不满，而这种讽刺和不满中，激荡着词人的一腔爱国豪情。

雨霖铃·寒蝉凄切

柳永

寒蝉凄切①。对长亭晚，骤雨初歇。都门帐饮无绪②，留恋处、兰舟催发③。执手相看泪眼，竟无语凝噎。念去去、千里烟波，暮霭沉沉楚天阔④。

多情自古伤离别。更那堪，冷落清秋节。今宵酒醒何处，杨柳岸，晓风残月。此去经年⑤，应是良辰、好景虚设。便纵有，千种风情，更与何人说。

注释

① 寒蝉：指秋蝉。

② 帐饮：于郊外搭起帐篷，摆宴送行。

③ 兰舟：在古诗词中，常用兰舟极言舟之华贵。

④ 去去：不断远去，越走越远。楚天：江南楚地的天空。

⑤ 经年：年复一年，意思是时间很久。

词意

秋蝉的叫声急促而凄切，傍晚时分，面对着长亭，急雨刚刚停歇。在京都门

外设宴辞行，却没有畅饮的心情，依依不舍时，船上的人却在催促出发。握着彼此的手互相凝视，满眼泪光，竟然哽咽得说不出话来。想这一去路程遥远，江上的烟波绵延千里，暮色深沉，天空阔远，望不到尽头。

自古以来，多情的人总是为离别而感伤，更何况是在这清冷、萧索的秋季！今夜酒醒时，我身在何处？怕是在那杨柳岸边，晨风凄楚，残月孤寂。这一去，相爱的人就要长年分别，料想今后即使是良辰美景，也形同虚设。纵然有满腔情意，又能向谁倾诉呢？

品故事

柳永，原名三变，字景庄，后改名柳永，字耆卿，北宋词人，婉约派代表人物。他出身官宦世家，从小学习诗词，不到二十岁就小有名气，很想通过科举考试步入仕途，大展宏图。

二十多岁时，柳永第一次参加科举考试，此时的他意气风发、踌躇满志，相信自己一定能够高中，不想却落了榜。但是，柳永并没有灰心丧气，而是重振旗鼓，准备再考。不想，在此后的十多年里，柳永三次参加考试，都没有考中。

连续四次考试失败让柳永彻底灰了心，他决定离开京师，浪迹江湖。当时，他在京师结识了一名歌妓，两人的感情十分深厚。临行前，这名歌妓在长亭送别柳永，两人难舍难分，柳永作了这首《雨霖铃》，记录下了这感伤的时刻。

赏析

词的上片详细描写了情人离别的场景，烘托出凄凉感伤的氛围；下片写想象中有情人分隔两地后的情状，读来催人泪下。全词写景自然细腻，写情深沉含蓄，是离别词作中的名篇。

蝶恋花·伫倚危楼风细细

柳永

伫倚危楼风细细。望极春愁，黯黯生天际^①。草色烟光残照里，无言谁会凭阑意。

拟把疏狂图一醉^②。对酒当歌，强乐还无味^③。衣带渐宽终不悔，为伊消得人憔悴。

注释

① 望极春愁，黯黯生天际：极目远望，黯黯春愁，生于天际。黯黯，意为伤心忧愁的样子。

② 疏狂：豪放而不受拘束。

③ 强乐：勉强行乐。

词意

长久地伫立在高楼上，微风拂面；极目远望，只看见没有尽头的春愁黯淡地从天边升起。夕阳余晖笼罩着碧绿的春草和缭绕的云霭，默默无言，谁能理解我独自凭栏的心情。

打算放纵一回，把自己灌醉，但举起酒杯放声歌唱时，才知道强求的快乐毫无趣味。我日渐消瘦，宁愿为了你而身心憔悴。

品故事

柳永四次参加科举考试，四次落第，他在灰心失望之余，决定离开京师，浪迹天涯。此后，他沿着水路南下，一路上以填词为生，因为词写得好，所以他的名气越来越大。

但是，随着时间的推移，漂泊已久的柳永渐渐感到身心俱疲。于是，他回到京师，这座城市繁华依旧，但过去的朋友已经再难找到了。他本想在这里找到一些温暖和慰藉，摆在他面前的却是物是人非的残酷现实。于是，他怀着一腔感慨再次离开京师，往西北漫游。

后来，柳永又游历了渭南、成都、湖南、鄂州等许多地方。这首悲切的《蝶恋花》，大概就是柳永在游历期间所作的。

赏析

词的上片把词人的春愁与周围的景物融为一体，烘托出感伤的氛围；下片写词人想借酒浇愁，却失败了，然后一语道破词人感伤的原因——为伊消得人憔悴。全词情思缠绵，感情真挚，十分动人。

诉衷情·当年万里觅封侯

陆游

当年万里觅封侯，匹马戍梁州①。关河梦断何处②？尘暗旧貂裘。胡未灭③，鬓先秋④，泪空流。此生谁料，心在天山，身老沧洲。

注释

① 戍：守边。

② 关河：关塞、河流。

③ 胡：此处指入侵中原的金人。

④ 秋：秋霜，比喻年老鬓白。

词意

想当年我为了建功立业，奔赴万里之外的边疆，单枪匹马戍守梁州。戍守边疆的梦醒了，不知自己身在何处？那时穿过的貂裘已落满了灰尘。

胡人还没有消灭，我的两鬓却已经斑白，只能任凭眼泪白白地流淌。谁能料到我这一生，心在边疆抗击敌军，人却在沧洲慢慢老去。

品故事

陆游曾受到四川宣抚使王炎的邀请，赴南郑任职。南郑就是梁州，是当时的西北前线重镇。在这里，陆游度过了一段宝贵而充实的时光：他受王炎的委托，将自己驱逐金人、收复中原的战略计划写成《平戎策》，呈给朝廷；他经常到前方据点和要塞巡逻，如骆谷口、仙人原、定军山、大散关等。

但是，好景不长，八个多月后，偏安一隅的南宋朝廷驳回了陆游的《平戎策》，并把王炎调回京师，陆游的抗金计划无疾而终。后来，陆游又遭到弹劾，被罢官，隐居在山阴故居长达十二余年。

眼看大宋江山风雨飘摇，自己却什么也做不了，只能与孤灯相对，徒然地感慨伤怀，陆游内心的煎熬可想而知。在隐居期间，他常常回忆起在梁州度过的那段峥嵘岁月，写了许多爱国诗词，这首《诉衷情》就是其中之一。

赏析

词人先是回忆了自己"万里觅封侯"的峥嵘岁月，然后笔锋一转，由"梦断"回到不受重用、"身老沧洲"的无奈现实。通过过去和现在的鲜明对比，词人抒发了壮志未酬、报国无门的不平之情。全词格调苍凉悲壮，有着强烈的艺术感染力。

江城子·西城杨柳弄春柔

秦观

西城杨柳弄春柔，动离忧，泪难收。犹记多情、曾为系归舟①。碧野朱桥当日事，人不见，水空流。

韶华不为少年留②，恨悠悠，几时休？飞絮落花时候、一登楼③。便作春江都是泪④，流不尽，许多愁。

注释

① 多情：指钟情的人。

② 韶华：美好的时光，常指春光。

③ 飞絮：飘飞的柳絮。

④ 春江：春天的江水。

词意

西城的杨柳随风摆动，柔情似水，触动了我的离愁，眼泪止也止不住。还

记得多情的你，为我系好归来的小舟。碧绿的原野和朱红色的小桥，见证了我们当日的离别，如今旧人不在，只有河水独自流淌。

美好的时光不会为了少年而停下逝去的脚步，离恨悠悠，何时才能停止？柳絮飘飞、花朵凋零的时候，我登上楼台。即使那春天的江水都化作泪水，也流不尽我的满腔离愁。

品故事

秦观是北宋著名的婉约派词人，博览群书、抱负远大，曾游历过湖州、杭州、润州等地。他十分仰慕词坛大家苏轼，于是前往徐州拜谒苏轼，曾写《别子瞻学士》诗云："我独不愿万户侯，惟愿一识苏徐州。"

苏轼也很欣赏秦观，邀请秦观写一首《黄楼赋》。赋写好后，苏轼称赞不已，说秦观有屈原和宋玉的才华。在这段时间里，秦观和苏轼一起游览了无锡、吴江、湖州、会稽等地，二人亦师亦友，结下了深厚的情谊。苏轼还劝秦观勤奋读书，备战科举考试，但秦观两次考试都落了第。苏轼听说后，写诗鼓励秦观不要放弃，再接再厉。

总的来说，秦观早年的生活虽然不算是一帆风顺，但也称得上意气风发了，而这首《江城子》大概就是他在这个时期写下的。

赏析

这首词以杨柳开篇，引出词人的离愁别绪，凄婉哀伤，神韵悠长。其中，"西城杨柳弄春柔"将杨柳拟人化了，笔触细腻，想象别致；"韶华不为少年留"则道出了青春易逝的人生常理，历来被人们广为传唱。

踏莎行·郴州旅舍

秦观

雾失楼台，月迷津渡，桃源望断无寻处^①。可堪孤馆闭春寒，杜鹃声里斜阳暮。

驿寄梅花^②，鱼传尺素^③，砌成此恨无重数。郴江幸自绕郴山，为谁流下潇湘去？

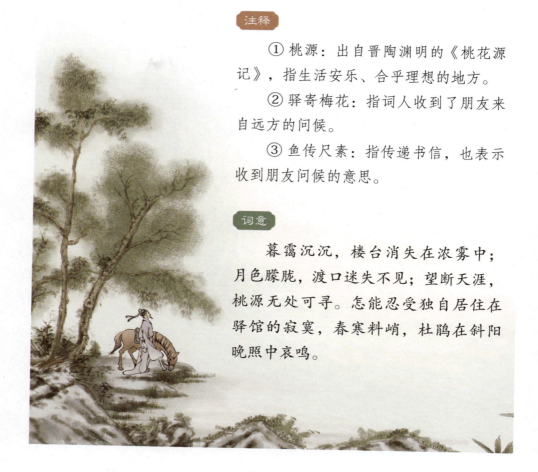

注释

①桃源：出自晋陶渊明的《桃花源记》，指生活安乐、合乎理想的地方。

②驿寄梅花：指词人收到了朋友来自远方的问候。

③鱼传尺素：指传递书信，也表示收到朋友问候的意思。

词意

暮霭沉沉，楼台消失在浓雾中；月色朦胧，渡口迷失不见；望断天涯，桃源无处可寻。怎能忍受独自居住在驿馆的寂寞，春寒料峭，杜鹃在斜阳晚照中哀鸣。

友人从远方寄来的信中饱含关怀，却让我的离愁别恨更加堆积无数。郴江啊，你原本是绕着郴山流淌的，为什么偏偏要流到湘江去呢？

品故事

秦观是苏轼的弟子，在诗、词、书法等多个领域都颇有造诣，尤其擅长填词，其文风辞藻典雅、深沉婉约。但是，这样一位多才多艺的大家，仕途却十分坎坷。

秦观大器晚成，他的文采很早就受到苏轼、王安石等人的欣赏，但是直到三十多岁才考中进士，踏上仕途。此后，秦观在苏轼等人的引荐下，做到了太学博士、秘书省正字等职，却屡屡受到政敌的迫害，因此开始感到灰心，有了退隐的想法。

后来，宋哲宗亲政，支持新法，不少反对新法的官员遭到贬谪，包括苏轼和秦观。结果，秦观先是被贬为杭州通判，然后被贬为监州酒税，后又被贬到郴州，削去了所有官爵和俸禄。不久之后，秦观再次被贬，这次他将要前往更加偏远的横州。在离开郴州前，秦观独自坐在旅店中，内心百转千回，写下了这首《踏莎行》。

赏析

词的上片写景，勾勒出凄楚、冷清的画面，是词人悲凉心境的反映；下片写情，友人的来信加重了词人的愁思，让词人发出了"为谁流下潇湘去"的感叹，读来意味深长。

忆王孙·春词

李重元

萋萋芳草忆王孙^①，柳外楼高空断魂，杜宇声声不忍闻^②。欲黄昏，雨打梨花深闭门。

注释

① 萋萋：形容春草茂盛的样子。王孙：这里指游子，行人。
② 杜宇：指代杜鹃鸟。

忆王孙 · 春词

　　暮春时节，芳草萋萋，总是让人想起背井离乡的游子；独自在杨柳之畔的高楼上凭栏远眺，徒然伤神；杜鹃啼声悲戚，让人不忍听闻。黄昏将近，雨水打落了梨花，庭院深处，闺门紧闭。

品故事

　　这首《忆王孙·春词》吟咏的是春天，读来却没有万物复苏的感觉，反而满目萧索，尤其是"杜宇"二字，读来更觉凄凉。

　　相传，杜宇是古蜀国的国王，号"望帝"，参加过武王伐纣的战争，他率领的军队骁勇善战，为推翻暴君做出了很大的贡献。关于他的故事，有这样一个传说：

　　杜宇晚年时，蜀国遭受洪灾，为了使百姓安居，他命丞相鳖灵治水。鳖灵探察地形、观测水势，用疏通的方法平息了洪水。哪知洪水退去后，鳖灵自认为劳苦功高，应该做国王，就逼迫杜宇退位，杜宇因此踏上了逃亡之路。后来，杜宇想夺回王位，却失败了，最后含冤而死，化作杜鹃鸟，每到春耕时节就哀啼不止。后来，文人墨客都喜欢用"杜宇""望帝"等词来寄托哀声。

赏析

　　这是一首描写闺中少妇思念远在他乡的丈夫的小词，运用了芳草、杨柳、杜鹃、春雨、梨花等意象，将少妇的孤独和悲苦展现得淋漓尽致，全词情景交融，清丽婉转，语短而情长。

卜算子·送鲍浩然之浙东^①

王观

水是眼波横^②，山是眉峰聚^③。欲问行人去那边^④？眉眼盈盈处^⑤。
才始送春归，又送君归去。若到江南赶上春，千万和春住。

注释

① 鲍浩然：词人的朋友，家住浙江东路，生平不详。
② 水是眼波横：水像美人流动的眼波。
③ 山是眉峰聚：山如美人蹙起的眉毛。
④ 行人：指鲍浩然。
⑤ 眉眼盈盈处：比喻山水交汇的地方。

词意

水像美人流动的眼波，山如美人蹙起的双眉。想问你要去往哪里？回答要去那山水交汇的地方。

才把春天送走，现在又要送你回乡。如果你到江南时，还能赶上春天，那么千万要把美丽的春色留住。

卜算子·送鲍浩然之浙东

王观，字通叟，号逐客，北宋词人，与秦观并称"二观"。他有一个好友，名叫鲍浩然。这一年的暮春时节，天地之间绿意渐浓，而残红渐褪，鲍浩然即将踏上归乡的旅途。在越州的大都督府内，王观与鲍浩然怀着不同的心情依依惜别。

对鲍浩然来说，与好友分别固然十分伤感，但归家之旅还是让他心中充满了期待与欢喜。可是对于王观来说，心中却只有悲伤。这是因为王观的故乡远在如皋，他虽然归心似箭，却不能像好友那样如愿以偿。原本有好友相伴，王观还不至于太过孤独寂寞，可是现在连好友也要离自己而去，怎能不叫人心酸！

但是，王观不愿意让朋友牵挂、担心自己，因此没有把悲伤流露出来，而是笑着写下这首《卜算子》，衷心地祝愿好友一路与春风同住。

赏析

这是一首送别词，重在表达词人对友人的不舍与美好的祝福。值得一提的是，以往的文学作品多用水和山来比喻美人的眼波与双眉，词人却反其道而行之，比喻自然，构思新巧，既不失活泼，又充满了雅趣。

浣溪沙·游蕲水清泉寺①

苏轼

山下兰芽短浸溪②，松间沙路净无泥，潇潇暮雨子规啼③。
谁道人生无再少④？门前流水尚能西！休将白发唱黄鸡⑤。

注释

① 蕲水：县名，今湖北浠水县。

② 浸：泡在水中。

③ 潇潇：形容雨声。子规：杜鹃鸟。

④ 无再少：不能回到少年时代。

⑤ 唱黄鸡：借黄鸡报晓来感慨时光的流逝。

词意

山下刚刚破土的嫩芽浸润在兰溪中，松林间的沙路被雨水冲刷得一尘不染，傍晚雨声淅沥，传来杜鹃鸟的阵阵啼鸣。

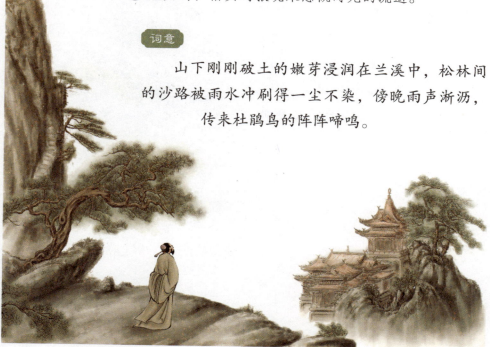

谁说再也不能回到少年时代？门前的溪水尚且能向西流淌！不要在年老的时候感叹时光易逝。

品故事

苏轼因为"乌台诗案"被贬到黄州，薪水很少。为了维持生计，他在黄州东南三十里的沙湖开垦了一块地，打算种些蔬菜。不想，苏轼在去沙湖察看这块地的好坏时生了病。他听说当地有一个叫庞安常的大夫医术很是高明，就去找此人诊治。

这个庞安常的耳朵听不见，但是非常聪明，苏轼把自己的病情写给他看，往往才写了几个字，他就明白了苏轼的意思。苏轼还因此开玩笑说："我用手当嘴巴，你用眼睛当耳朵，我们都是当代的怪人。"后来，经过庞安常的诊治，苏轼的病果然好了。

苏轼病愈后，与庞安常一起游览清泉寺。寺庙里有王羲之的洗笔池，池水十分清甜。寺庙下方有一条小溪，名叫兰溪，此地风景秀丽，苏轼和庞安常兴致盎然，在这里饮酒作词，直到傍晚才回家。而苏轼所作的词，就是这首《浣溪沙》。

赏析

词的上片写南方初春时节的景色，格调清新自然、明丽淡雅；下片议论，劝人们不要徒然地作年老之叹。全词洋溢着乐观豁达、老当益壮、自强不息的精神风貌，读来爽人耳目，沁人心脾，发人深省。

临江仙·夜饮东坡醒复醉

苏轼

夜饮东坡醒复醉，归来仿佛三更。家童鼻息已雷鸣。敲门都不应，倚杖听江声。

长恨此身非我有①，何时忘却营营②。夜阑风静縠纹平③。小舟从此逝，江海寄余生。

注释

① 长恨此身非我有：此借指仕宦之人不自由。
② 营营：为功名利禄奔波。
③ 縠纹：指细微的水波。

词意

夜里在东坡畅饮，从酒醉中醒来，然后再次喝醉，归来时似乎已是三更天了。家中的童仆已经睡下，鼾声如雷。敲了几次门都没有回应，我只好倚着杖，听江水奔流不息的声音。

对于做官，我抱恨已久，这副身躯好像不是我的了，

什么时候才能不为了功名利禄而劳心伤神啊。夜深风静，水波不兴。从此乘着小舟隐于世外，将余生寄托在江河湖海之间。

品故事

苏轼被贬到黄州后，生活一天比一天穷困。他在黄州的朋友见状，就帮他向官方要了一块地，好让苏轼种些粮食和蔬菜，维持生计。这块地位于沙湖，已经荒废很久了，苏轼第一次来察看时，只见到处都是荆棘、杂草和瓦砾。不巧的是，这一年又逢大旱，所以苏轼垦荒种地异常辛苦。

尽管是被贬之身，而且生活条件困苦，但生性豁达的苏轼并没有怨天尤人，而是泰然处之。耕作之余，他给这块地取名为"东坡"，自号"东坡居士"；又在这块地上建起了简陋的堂屋，在堂屋的四壁绘上雪的图案，称为"雪堂"。

每当夜深人静，苏轼常拄着拐杖来东坡散步。这里的路崎岖不平，很不好走，但苏轼很喜欢听拐杖击打在地上发出的铿锵之声。有一次，苏轼在东坡痛快饮酒，夜半回家后，童子已经熟睡，没有人来开门，可苏轼非但不生气、沮丧，反而词性大发，写下了这首《临江仙》。

赏析

这首词上片叙事，展示出词人达观的人生态度；下片写景抒情，融情于景、情景交融，表达了词人追求身心自由的渴望。整首词畅达自然，格调超脱，饱含哲理，引人深思。

清平乐·村居

辛弃疾

茅檐低小，溪上青青草。醉里吴音相媚好^①，白发谁家翁媪^②？大儿锄豆溪东^③，中儿正织鸡笼。最喜小儿亡赖^④，溪头卧剥莲蓬。

注释

① 吴音：吴地的方言。相媚好：指相互逗趣，取乐。
② 翁媪：老翁、老妇。
③ 锄豆：锄掉豆田里的草。
④ 亡赖：这里指小孩顽皮、淘气。亡，通"无"。

词意

茅屋的屋檐矮小，溪边碧草如茵。那对白发夫妻一边喝酒，一边用吴地方言相互逗趣，他们是谁家的呢？

大儿子在小溪的东边给豆田除草，

二儿子正在编织鸡笼。最喜欢的小儿子十分顽皮、淘气，正趴在溪边剥莲蓬。

品故事

南宋晚期，金人大举入侵，在被金人侵占的大宋土地上，汉族百姓饱受欺压和凌辱，于是举起了反抗的大旗。辛弃疾怀着满腔报国之志参加了耿京起义，擒杀叛徒张安国，然后投奔南宋朝廷。

凭借在起义斗争中的英勇表现，辛弃疾名动一时，从此踏上了仕途。此时的辛弃疾风华正茂，流淌着一腔热血，怀揣着凌云壮志。但现实是残酷的，南宋朝廷长期被主和派把持，就连皇帝也赞成向金人求和，因此，一心想扫除金人、收复失地的辛弃疾很难有所作为。

辛弃疾努力过、奋斗过，但他一个人的力量太渺小了。随着时间的推移，他渐渐心灰意冷，做好了归隐的打算。辛弃疾四十多岁时被罢官，于是索性回到上饶，过起了近二十年的闲居生活。在这段漫长的日子里，他把报国的理想深藏在心底，平日里更关注乡村生活，写下了大量田园词，其中就有这首《清平乐》。

赏析

这首词用白描的手法，描绘了一户农家的生活环境和日常生活画面，语言活泼自然，勾勒出了一幅栩栩如生、有声有色的农村风俗画，表达了词人对和平宁静、朴素闲适的农村生活的喜爱之情。

水调歌头·送章德茂大卿使虏^①

陈亮

不见南师久，漫说北群空^②。当场只手，毕竟还我万夫雄。自笑堂堂汉使，得似洋洋河水，依旧只流东？且复穹庐拜^③，会向藁街逢^④！

尧之都，舜之壤，禹之封。于中应有，一个半个耻臣戎^⑤！万里腥膻如许，千古英灵安在，磅礴几时通？胡运何须问，赫日自当中！

注释

①章德茂：陈亮的友人章森，字德茂，当时任大理寺少卿。后文的"我"也指此人。使虏：出使金国。文中的"虏""戎""腥膻""胡"都指代金。

②北群空：指没有良马，借喻没有良才。

③穹庐：北方少数民族居住的圆顶毡房，这里借指金廷。

④藁街：汉代时长安城南门内给少数民族居住的地方。

⑤耻臣戎：指以投降敌人为耻的爱国志士。

词意

很久没有见到中原军队北伐，金人就认为我国没有人才了。希望您这次出使金国，能够发挥出只手擎天的才干与魄力。我们堂堂汉使，哪能像那永远往东流的河水那样，一直向金国求和呢？这次暂且因为国力积弱，再退让一次，派使者去祝贺金国国主的生辰，但我们终究要发愤图强，斩获金国国主的头颅悬挂在藁街！

那片土地，是尧帝、舜帝、禹帝等先王统治过的地方。在那里，总该还有几个铮铮铁骨的爱国志士，以向金国俯首称臣为耻！万里江山被金人占领，千古英雄们的浩然正气尚在，我们什么时候才能与他们精神相通呢？金国的命运无须多问，我大宋的国运必定如日中天！

品故事

陈亮，字同甫，号龙川，南宋思想家、文学家。他和辛弃疾是好友，两个人都是主战派，因此都没有得到朝廷重用，壮志难酬。

南宋北伐失败，与金朝签订了丧权辱国的"隆兴和议"，其中有一条规定：每年的元旦节和双方皇帝的生辰，双方要互派使节祝贺，以示友好。这条规定看起来平等，但实际上，金朝使节来到南宋时，一定会被奉为上宾；而南宋使节去到金朝时，往往备受歧视。

这一年，金朝皇帝的生辰又要到了，南宋派张德茂出使金朝，陈亮前来送行。陈亮想到祖国所遭受的侵略和屈辱，义愤填膺，希望好友此去能够展现出"当场只手"的气魄，于是写下这首《水调歌头》相赠。

赏析

词的上片围绕着"出使"展开，紧扣主题；下片发表议论，字里行间饱含劝勉之意。整首词没有寻常送别词的凄婉，而是充分表达了词人对祖国的热爱和不甘屈辱的豪情，言辞慷慨，气势磅礴，催人振奋。

浪淘沙·把酒祝东风

欧阳修

把酒祝东风^①，且共从容。垂杨紫陌洛城东^③。总是当时携手处，游遍芳丛。

聚散苦匆匆，此恨无穷。今年花胜去年红。可惜明年花更好，知与谁同？

注释

① 把酒：端着酒杯。
② 紫陌：此指洛阳的道路。洛城：指洛阳。

词意

　　端起酒杯迎着东风祈祷，请东风暂且停留，不要那么快离去。洛阳东郊的小道两旁，已垂满了柳枝。当年我们总是携着手，在这里游遍姹紫嫣红的花丛。

人生的相聚和别离总是那样匆忙，离愁别恨长久地萦绕在我的心中。今年的花开得比去年更红了。可惜纵使明年的花开得更好，又怎知那时将和谁一起游赏呢？

品故事

欧阳修是北宋著名的政治家、文学家，但他曾两次在科举考试中落第，后来因为恩师胥偃的保举，才来到国子监参加考试，获得了第一名。第二年，欧阳修参加殿试，他完全有能力考进前三名，但考官们看他年少轻狂、锋芒太露，想挫一挫他的锐气，于是只给了他甲科第十四名。

不管怎么说，欧阳修就此开始了他的仕途生涯，他被授任将仕郎，试秘书省校书郎，并充任西京（洛阳）留守推官。很快，欧阳修来到洛阳走马上任。其间，他与诗人梅尧臣、散文家尹洙结为至交。这一年的春天，洛阳城的很多地方都留下了他们快乐的身影。

然而，仅仅过了一年，朋友们就走的走、散的散。转眼春天又到了，欧阳修外出游玩，美丽的景色胜过去年，但身边已经没有了志同道合的朋友。欧阳修十分伤感，于是写下了这首《浪淘沙》。

赏析

这首词上片叙事，写词人在洛阳东郊游赏、宴饮，兴致浓时，"把酒祝东风"；下片抒情，通过描写去年、今年和明年的花，表达了词人对友人的思念之情，以及对"聚散苦匆匆"的无限感慨。全词婉丽隽永，感情真挚，耐人寻味。

采桑子·群芳过后西湖好

欧阳修

群芳过后西湖好，狼籍残红^①。飞絮濛濛，垂柳阑干尽日风^②。笙歌散尽游人去^③，始觉春空。垂下帘栊^④，双燕归来细雨中。

注释

① 狼籍：纵横杂乱貌。
② 阑干：纵横散乱貌，交错杂乱貌。
③ 笙歌：奏乐唱歌。
④ 帘栊：指窗帘。栊，指代窗子。

词意

　　百花凋谢之后，西湖的景色依然很美，落花散乱，铺满了地面。柳絮飞扬，仿佛迷蒙的细雨。垂柳横斜，在和风中摇曳多姿。

　　奏乐唱歌的声音消失了，游人也渐渐散去，直到这时才开始感到春日空寂。回到居室卷起窗帘，等到一双燕子在细雨中归来时，才将窗帘放下。

品故事

　　欧阳修的仕途虽然崎岖坎坷，但他还是做到了翰林学士、枢密副使、参知政事等职。其间，他发现并提拔了苏轼、苏辙、曾巩、张载、程颢、吕大钧等许多青年才俊，被称为"千古第一伯乐"。他还领导了北宋的诗文革新运动，开创了一代文风，是当时的文坛领袖。此外，他在史学、金石学、农学等方面也有不小的造诣。

　　纵观欧阳修的生平，可以说是成就斐然。后来，功成名就的欧阳修以太子少师的身份辞官归隐，回到颍州。在一个暮春时节，他来到西湖游玩，美丽的春景让他心情大好，于是写下了这首韵味悠然的《采桑子》。

赏析

　　这首词写的是词人在暮春时节的所见所感，虽然有"始觉春空"的句子，但整首词并没有伤春之情，而是营造出清幽、静谧的氛围，将词人安逸闲适的心态和对大自然的喜爱之情充分表现了出来，读来真切动人。

秦楼月·楼阴缺

范成大

楼阴缺^①。阑干影卧东厢月^②。东厢月。一天风露^③，杏花如雪。

隔烟催漏金虬咽^④。罗帏黯淡灯花结^⑤。灯花结。片时春梦，江南天阔。

注释

① 楼阴缺：指没有被树荫遮住的楼阁一角。

② 阑干影卧：栏杆的影子卧倒。

③ 一天：满天。

④ 烟：夜雾。金虬：装置在漏上形状如虬的饰物，龙嘴吐水计时。

⑤ 灯花：灯芯余烬结成的花形。

词意

没有被树荫遮住的楼阁一角，月光投下栏杆的影子，静静地卧在东厢房前。

明月照耀着东厢房，满天风清露冷，杏花洁白如雪。

隔着夜晚的雾气，

秦楼月·楼阴缺

听铜龙滴水，声如哽咽，催促着时光。厢房里罗帐昏暗，灯芯烧结成了花。我只做了片刻春梦，就游遍了天高地阔的江南。

范成大，字至能，一字幼元，早年自号此山居士，晚号石湖居士，南宋名臣、文学家。

范成大幼年聪慧，遍读经史，十几岁时就能创作诗文。但是，范成大并没有骄傲自满，而是脚踏实地，在寺庙中苦读十年，快三十岁时才参加科举，中了进士。

此后，范成大从七品地方官司户参军，一直做到了二品要员参知政事。为官期间，不管官职大小，范成大始终尽心尽力，以兴利除弊为己任。他担任地方官时，积极采取措施改善民生，促进农业生产，安定社会秩序，都取得了不错的效果。

年老后，范成大因病辞官，在石湖过上了安逸闲适的晚年生活，但他依旧不忘为国事操劳，曾上书言事。这首《秦楼月》就是他在居家养病期间写下的，通过写闺中思妇，来寄托自己对君王的耿耿忠心。

赏析

词的上片写景，烘托出夜色的静谧，"杏花"点出时间是春天，与下片的"春梦"相呼应；下片写一名少妇在闺中怀念远方之人，心绪愁苦，"片时春梦"。少妇是否在梦中见到了想念之人呢？词人没有交代，留给了读者无尽的想象空间。

鹧鸪天·壮岁旌旗拥万夫

辛弃疾

壮岁旌旗拥万夫，锦襜突骑渡江初①。燕兵夜娖银胡䩮②，汉箭朝飞金仆姑③。

追往事，叹今吾，春风不染白髭须。却将万字平戎策④，换得东家种树书⑤。

注释

①壮岁旌旗拥万夫，锦襜突骑渡江初：指词人年轻时领兵抵抗金人侵略的事。

②"燕兵"句：指金兵在夜晚枕着箭袋小心防备。燕兵：这里指金兵。

③"汉箭"句：指宋军在清晨向金兵发起进攻。

④平戎策：平定入侵的金人的策略。

⑤种树书：指导栽种树木的书籍，指归隐田园。

词意

想我壮年的时候，统领千军万马抵抗侵略者，旌旗飘飘；将士们身穿锦绣战袍勇渡大江，突破了敌人的包围。金兵在夜里枕着箭袋小心防备，而汉军一大早就向着敌营万箭齐发。

追忆往事，感叹如今的自己，就连春风也不能把白须染黑。我写了几万字平定金人的策略却无人理睬，不如拿去与东边的邻居交换种树的书吧。

品故事

辛弃疾出生在被金人占领的北方。有一年，金军入侵南宋，北方的汉族人民趁机起义，起义队伍迅速发展到二十多万人，辛弃疾也召集了两千多人前来投奔。他建议起义军的领袖耿京归顺朝廷，与宋军合力抗金，耿京同意了，派辛弃疾去面见宋高宗。

宋高宗欣然同意接纳起义队伍，还给耿京和辛弃疾封了官。可是，当辛弃疾带着这个好消息回到北方时，却得知耿京已经被部下张安国杀害，张安国还打算带领起义军投降金人。辛弃疾怒发冲冠，带着五十多名亲兵，以迅雷不及掩耳之势闯入军营，俘虏了张安国，将其押往南宋朝廷，交给宋高宗处置。这一年，辛弃疾才二十多岁。

就这样，辛弃疾一战成名，进入南宋朝廷为官。但是，辛弃疾的仕途并不平坦，他主张抗金，常年遭到主和派的打压，甚至一度被罢官。这首《鹧鸪天》就是他晚年闲居在家，回想起当年金戈铁马的岁月时写下的。

赏析

这首词上片写词人率军杀敌的往事，下片写当前的现实，词人空有一腔爱国热情，却得不到重用，无奈之下写出了"换得东家种树书"的句子，玩笑中藏着悲愤与心酸。

水龙吟·春恨

陈亮

闹花深处层楼，画帘半卷东风软。春归翠陌，平莎茸嫩，垂杨金浅。迟日催花，淡云阁雨①，轻寒轻暖。恨芳菲世界，游人未赏，都付与、莺和燕。

寂寞凭高念远。向南楼、一声归雁。金钗斗草②，青丝勒马③，风流云散。罗绶分香④，翠绡封泪⑤，几多幽怨。正销魂、又是疏烟淡月，子规声断⑥。

注释

①阁雨：即搁雨，止雨。

②金钗斗草：斗草时以金钗为赌资。斗草：即"百斗草"，古代在妇女中盛行的一种游戏。

③青丝勒马：用青丝编成的马络头。

④罗绶：即罗带。

⑤翠绡：绿色的薄绸。这里指手帕。封：包裹。

⑥子规：即杜鹃鸟。

水龙吟·春恨

词意

　　繁花深处层楼高耸，春风从半卷的画帘外吹来，分外柔软。春天回来了，小路铺上了翠色，原野上长着柔嫩的莎草，垂柳泛着浅浅的金色。春天催得百花开放，淡淡的云气止住了雨水，忽而微寒，忽而和暖。遗憾这繁华世界没有游人欣赏，都交给了黄莺和飞燕。

　　寂寞时登高远眺，向着南楼聆听归雁凄切的叫声。回想金钗斗草、青丝勒马的岁月，别后已像风云那样各自流散。罗带还散发着芬芳，绿巾浸满了眼泪，有多少幽恨离愁。正在为此感伤，却又看见烟雾稀薄，月光黯淡，听见杜鹃哀鸣，让我柔肠寸断。

品故事

　　陈亮，字同甫，是南宋时期的思想家和文学家。他不仅满腹才华，而且对兵事很感兴趣，和辛弃疾一样主张抗击金人，反对议和。因此，他遭到朝廷中主和派官员的排挤，曾经三次被人诬陷，蒙受牢狱之灾。尽管如此，他依旧保持着乐观向上的心态。

　　有一年冬天，他听说好友辛弃疾生病了，于是冒着鹅毛大雪，赶了八百多里路来看望辛弃疾。当时，辛弃疾正饱受病痛的折磨，加上壮志难酬，因此意志消沉，卧床不起。陈亮到来后，经常和辛弃疾一起吟诗作对，讨论国家局势，为辛弃疾的生活注入了活力；而且，陈亮在这里仍然保持着良好的生活作息，每天早早地起床舞剑，锻炼身体。在他的感染下，辛弃疾重新燃起了对生活的热情，病很快就好了。

　　陈亮和辛弃疾不仅在政治上志同道合，而且都是豪放派词人，他流传后世的词作，大多属于豪放词。但是，他也有婉约的一面，这首《水龙吟》就是他创作的为数不多的婉约词之一。

赏析

　　这首词借写春景，抒发了词人忧时伤国的情怀。上片写春日美丽的景色，从近到远，春光无限；下片写离愁别恨，引起对往事的追忆，最后回到"疏烟淡月，子规声断"的现实，氛围更加凄冷、悲凉。

贺新郎·送陈真州子华

刘克庄

北望神州路，试平章、这场公事①，怎生分付。记得太行山百万，曾入宗爷驾驭。今把作、握蛇骑虎。君去京东豪杰喜，想投戈、下拜真吾父②。谈笑里，定齐鲁。

两河萧瑟惟狐兔③，问当年、祖生去后④，有人来否。多少新亭挥泪客，谁梦中原块土⑤。算事业、须由人做。应笑书生心胆怯，向车中、闭置如新妇。空目送，塞鸿去。

注释

① 平章：议论，筹划。公事：指抗击金人、光复中原的国家大事。

② 真吾父：郭子仪曾率领数十骑进入敌营，敌军首领下马叩拜，说"真吾父也"。

③ 两河：指河北东路、西路，当时为金人统治的地方。狐兔：指敌人。

④ 祖生：即东晋军事家祖逖。这里指南宋初年的抗金名将宗泽、岳飞等。

⑤ 块土：国土。

贺新郎·送陈真州子华

向北眺望通往中原的路，试着议论该如何光复中原。记得聚集在太行山的百万抗金义军，很多都归附了宗泽。现在朝廷对待义兵，就像握着毒蛇、骑着老虎那样为难。你前去京东路，义军领袖一定很高兴，料想他们会放下武器拜你为父。谈笑间，平定齐鲁。

两河一派萧条，只有狐兔乱跑，试问当年祖逖离开后，还有人来过吗？士大夫们只会痛哭流涕，谁真正把中原失地放在心上？算起来，收复失地的大业必须由合适的人来做。应笑我等书生内心胆怯，就像坐在车中，将车门紧闭的新娘。空空地目送边塞的鸿雁飞去。

品故事

宗泽是北宋、南宋之交的抗金名将、政治家和军事家，但是因为官场腐败，所以仕途坎坷，60多岁时才得以一展抱负。

当时，他被派往磁州任知府，这里经常被金军洗劫。宗泽到任后，立刻开始为抗击金人做准备。不久，金军果然又来攻打，宗泽亲自指挥战斗，取得全胜，极大地鼓舞了士气。此后，宗泽辗转多个前线抗击金人，取得了十多次胜利，金人对他十分忌惮，敬畏地称他为"宗爷爷"。

宗泽还有一双慧眼。有一次，他遇到一个被处罚的将士，看出此人有将才，于是让其戴罪立功，这个将士果然大败金军，宗泽立刻提拔了他。这个将士，就是后来大名鼎鼎的岳飞。

遗憾的是，宗泽无法改变南宋朝廷的软弱与无能，最终忧愤成疾。临终之际，他仍然牵挂着北伐抗金、收复失地的大业，三次高呼"渡河！"后与世长辞。

赏析

这首词上片写南宋遭金人入侵，失去了很多领土，流露出词人忧国忧民的情怀；下片写词人对偏安一隅的统治者的不满和对沽名钓誉的朝臣们的愤恨。全词笔调慷慨激昂，表达了词人渴望收复中原的壮志豪情。

虞美人·听雨

蒋捷

少年听雨歌楼上，红烛昏罗帐①。壮年听雨客舟中，江阔云低、断雁叫西风②。

而今听雨僧庐下③，鬓已星星也④。悲欢离合总无情，一任阶前、点滴到天明。

注释

① 昏：昏暗。罗帐：床上的纱幔。

② 断雁：离群的孤雁。

③ 僧庐：僧寺，僧舍。

④ 星星：白发星星点点，形容白发很多。

词意

年少时在歌楼上听雨，红烛摇曳，罗帐昏暗。壮年时在他乡的小船中听雨，江面开阔，云幕低垂，离群的孤雁在西风中悲鸣。

而今在僧寺下听雨，已是两鬓斑白的年纪了。人世间的

悲欢离合总是那样无情，任凭台阶前的小雨淅淅沥沥，直到天明。

品故事

　　蒋捷，字胜欲，号竹山，南宋词人。他的一生是不幸的，刚中进士没多久，南宋就灭亡了。

　　崖门海战是南宋的覆亡之战，发生在宋军和蒙古军之间。当时，大臣陆秀夫等人带着年幼的皇帝逃到崖山，准备在这里继续抗击蒙古军，这是他们最后的防线。但是，宋军连战连败，眼看蒙古军越来越靠近中心地带，在退无可退、逃无可逃的情况下，陆秀夫不愿做敌人的俘虏，于是背着小皇帝跳海而亡，南宋灭亡。第二天，牺牲的宋军尸体浮上海面，据说有十万之多，令人触目惊心。

　　面对凶残的侵略者，南宋的君臣、将士拼死抗争，虽然最后失败了，但是他们表现出来的民族气节和爱国精神可歌可叹。当然，这都是后话了，对当时的南宋百姓来说，还有更大的苦难在等着他们。在侵略者的统治下，他们生活在水深火热之中，蒋捷也不例外。

　　南宋灭亡后，蒋捷怀揣着亡国之痛，过起了贫困、艰辛的隐居生活，终生没有做官。他写了很多词，其中不少格调低沉，虽然不写亡国之事，却在字里行间流露出国破家亡的哀痛与悲凉，尤其是这首《虞美人》，从年少写到壮年，再写到老年，可以说是概括了他颠沛流离、饱经忧患的一生。

赏析

　　这首词以"听雨"为线索，描述了词人在少年、壮年和晚年时不同的处境和心情。少年时，词人不知愁滋味，一味享乐；壮年时，词人漂泊在外，心境孤苦；晚年时，词人形单影只，回顾一生，只感到无比凄凉。

西江月·新秋写兴

刘辰翁

天上低昂似旧①，人间儿女成狂②。夜来处处试新妆，却是人间天上。

不觉新凉似水，相思两鬓如霜。梦从海底跨枯桑③，阅尽银河风浪④。

注释

① 低昂：起伏，指日月星辰的升起和落下。

② 成狂：指欢度七夕的景象。

③ "梦从"句：借用沧海桑田的典故，比喻世事变化很大。

④ "阅尽"句：用银河的风浪暗寓人间险恶。

词意

天上日升月落、斗转星移，景象却还和从前一样；人间相爱的男女欢度七夕，如痴如狂。入夜后，到处是穿着新衣的人们，仿佛来到了人间天堂。

不觉已是初秋，凉意似水；

因为思念故国，我的两鬓已斑白如霜。我梦见自己跨过海底的枯桑，又在天上看尽银河的风浪。

品故事

相传，从前有两位神仙，一位叫王远，另一位叫麻姑。有一次，他们相约到一户姓蔡的人家聚会喝酒。

到了约定的日子，王远乘坐着龙拉的车子，在一众侍从和吹鼓手的簇拥下来到了蔡家的庭院里。他亲切地和蔡家的人互相问候，然后坐在院子里等待麻姑。可是，他等了很久，麻姑也没有来。于是，他命令使者去请麻姑。

不一会儿，使者回来了，向王远禀报说："麻姑命我向先生致意，她说和先生您已经有五百年没有见面了。现在，她正奉命巡视蓬莱仙岛，请先生稍等片刻，她一会儿就来。"没过多久，一个十八九岁、长发及腰、服饰光彩耀目的仙女从天而降，她就是麻姑。

王远高兴地吩咐开席，只见席上使用的全是金和玉做成的餐具，餐具中盛放着许多奇花异果，都是人间没有的。席间，麻姑对王远说："自从得了道、接受天命以来，我已亲眼看见东海三次变成桑田。刚才我在蓬莱巡视，发现海水比以前浅了一半，难道它又要变成陆地了吗？"王远叹道："是啊，圣人们都说海水在下降。过不了多久，那里就将扬起尘土了。"后来，宴饮结束，王远和麻姑就各自乘坐车驾升天而去了。这就是成语"沧海桑田"的由来。

赏析

这首词的上片写人们欢度七夕佳节，营造出热闹、祥和的氛围；下片写词人对故国的怀念之情，包含着深沉的亡国之叹。上片和下片看似没有关联，实际上是在批评人们只知道追寻欢乐，丝毫不关心国家兴亡，表达了词人的痛心和无奈之情。

谒金门·花过雨

李好古

花过雨，又是一番红素①。燕子归来愁不语，旧巢无觅处②。

谁在玉关劳苦③？谁在玉楼歌舞④？若使胡尘吹得去⑤，东风侯万户⑥。

注释

① 红素：指红白相间的花朵。

② 觅：寻找。

③ 玉关：玉门关，这里借指南宋抗战前线。

④ 玉楼：豪华的高楼大厦。

⑤胡尘：指外族人发动的侵略战争。

⑥侯万户：万户侯，爵位的一种，泛指高官贵爵。

词意

　　春雨过后，又是百花盛开，一片红白。燕子从北方飞回来了，却听不见欢快的燕啼，因为它们正为找不到旧时的巢穴而发愁。

　　是谁在不辞辛劳地守卫边关？是谁在华美的楼阁里莺歌燕舞？如果东风能把入侵的敌人都吹走，就封它一个万户侯吧！

品故事

　　李好古，南宋词人，生平不详，这首《谒金门》是他的代表词作之一，写于南宋灭亡前夕。

　　话说北宋被金朝所灭后，宋高宗逃到南方，建立了南宋小朝廷。此时，金朝和西夏依旧是宋朝最强大的外敌，但是南宋君臣丝毫没有进取心，每天只知道享受荣华富贵，对于外敌，他们觉得只要委曲求和就可以了。因此，南宋一天比一天衰弱、腐朽，危机也一天比一天严重。

　　但是，螳螂捕蝉，黄雀在后，就在金朝和西夏对南宋虎视眈眈的时候，一个更大的威胁正在它们身后崛起，这个威胁就是成吉思汗建立的大蒙古国。大蒙古国建立后，在短短几十年里先后灭掉了它的邻居——西夏和金朝。成吉思汗去世后，他的继任者们继续发动对外战争，不断地开疆拓土，大蒙古国的领土越来越辽阔，国力越来越强大。最后，大蒙古国把目光投向了南宋。然而，这时发生了一件事，打乱了大蒙古国攻灭南宋的计划。

　　原来，在大蒙古国内部发生了一场激烈的权力争夺战。最后，一个名叫忽必烈的人成为赢家，他就是后来的元世祖。忽必烈掌权后，重新把目光投向南方，南宋小朝廷的末日还是到来了。

　　忽必烈命蒙古大军南下，一路势如破竹，南宋都城临安岌岌可危。可就是在这种情况下，南宋统治者仍然不愿意面对事实，而是一味地沉迷在享乐之中。对此，李好古忧心如焚，对南宋统治者失望至极，于是写下了这首《谒金门》来表达自己的愤慨之情。

　　不久之后，临安果然被蒙古军队攻破，南宋朝廷继续流亡，最后在崖山海战中走向了生命的终点。

赏析

　　这是一首托物寄情的词，上片写春花依旧盛开，归来的燕子却找不到旧时的巢穴，暗喻南宋的亡国危机；下片拿边关将士和达官贵人作对比，表达了词人对统治者沉迷享乐、不思进取的愤慨，最后两句充满了嘲讽之意和失望之情。

盐角儿·亳社观梅^①

晁补之

开时似雪。谢时似雪。花中奇绝。香非在蕊，香非在萼，骨中香彻^②。

占溪风，留溪月。堪羞损、山桃如血^③。直饶更、疏疏淡淡^④，终有一般情别^⑤。

注释

①亳社：即殷社。古时建国必先立社，殷建都于亳，故称亳社，位于今河南商丘。

②彻：透。

③损：煞，很。

④直饶更：即使，纵然。

⑤情别：特殊情味。

词意

　　绽放时像雪，凋谢时像雪，实在是绝无仅有的花中奇物。它的香气不是从花蕊和花萼中散发出来的，而是从骨子里透出来的。

　　占尽了从小溪上吹来的清风，留住了倒映在溪中的明月，连那鲜红如血的山桃花也羞愧得减损了容颜。即使花影稀疏、幽香清淡，可终究别有情致，不是其他花朵可以相比的。

品故事

　　晁补之是北宋时期著名的文学家，书画、诗词样样精通。在很小的时候，晁补之就表现出了极高的文学天赋，而且记忆力很好，被称为"神童"。十几岁时，他的父亲被调到杭州做官，他也到了杭州，并把自己在杭州的所见所闻写成一本书，名叫《七述》，拿给苏轼看。当时，苏轼正打算写一本关于杭州的书，可是他看了《七述》后，赞叹道："我可以搁笔了！"可见晁补之的文学素养之高，而他也因此有了名气。

　　后来，晁补之如愿考上进士，入朝为官。凭借一身的才华，晁补之的仕途原本可以一帆风顺，可天有不测风云，有一次他被卷入朝廷的党派之争，被贬谪到济州担任知州。尽管如此，晁补之并没有灰心丧气，对待工作十分认真负责。

　　有一天，晁补之正走在大街上，突然看见一伙强盗在光天化日之下抢劫，当时他身边没有随从，所以没有声张，而是默默地将这些强盗的外貌特征记了下来。当天晚上，晁补之在家设宴请客，其间叫来属下，命他带人缉拿白天的那伙强盗。属下一听，却犯了难，说："我们连他们长什么样都不知道，很难调查他们的行踪，实在是无从下手啊！"晁补之笑道："无妨，他们的样貌我都记得。"于是将强盗们的外貌特征一一道来，又细说了抓捕的方法，那个属下听后领命而去，结果宴席还没有结束，那伙强盗就全部被缉拿归案了。

　　不久之后，晁补之又被降职，这对他来说是不幸，对他所任职的

地方来说却是福音。无论被调到哪里为官，他都没有忘记自己寒窗苦读的初衷，做了很多有益于老百姓的事。他在河中府做官时，当地百姓为了感谢他，竟然画了他的画像来供奉。

最后，晁补之还是被罢了官。回家后，他修建了一座园子，取名为"归来园"，自号"归来子"，过起了隐居的生活。纵观他的一生，始终坚守着自己的初心，不与世俗同流合污，这首《盐角儿》正是他高洁品格的真实写照。

赏析

这是一首咏梅词，上片描写梅花的颜色和香味，暗喻梅花纯洁、有骨气的高尚品质；下片用山桃花来衬托梅花的神韵，赞美了梅花高洁的品格。通过这首词，我们可以看到词人卓尔不群的志趣和情操。

摸鱼儿·更能消几番风雨

辛弃疾

　　更能消、几番风雨^①，匆匆春又归去。惜春长怕花开早，何况落红无数。春且住，见说道、天涯芳草迷归路。怨春不语。算只有殷勤^②，画檐蛛网，尽日惹飞絮。

　　长门事^③，准拟佳期又误。蛾眉曾有人妒。千金纵买相如赋，脉脉此情谁诉^④？君莫舞^⑤，君不见、玉环飞燕皆尘土^⑥。闲愁最苦。休去倚危栏，斜阳正在，烟柳断肠处。

注释

①消：经受。

②算只有殷勤：暗喻词人对国家的耿耿忠心。

③ 长门：汉代宫殿名，汉武帝的皇后陈阿娇失宠后被幽闭的地方。

④ 脉脉：绵长深厚。

⑤ 君：指善妒之人。

⑥ 玉环飞燕：杨玉环、赵飞燕，都是古代有名的美女。

词意

还经得起几番风雨，春天又要匆匆离去。我爱惜春天，常担心花开得太早，何况现在已是落红满地。春天啊，请你暂且留步，难道没有听说，连绵无尽的芳草阻断了你的归路。怨恨春天默默无语，想来殷勤的只有檐下蛛网，为了留住春天而把飞絮粘住。

陈阿娇在长门宫中盼望皇帝驾临，约定了佳期却一再延误。因为她太过美丽，遭人嫉妒。纵然用千金买来司马相如的赋，但这份深情能够向谁倾诉？奉劝你们不要得意忘形，难道没看见杨玉环、赵飞燕也都化为了尘土。闲愁的折磨最让人痛苦。千万不要登高凭栏，因为夕阳正斜挂在令人断肠的烟柳迷蒙之处。

品故事

辛弃疾率领反抗金人的起义军归附南宋朝廷后，原本打算积极建功立业，但是没有想到，南宋朝廷并没有抗击金人的勇气和决心，主和派长期把持朝政，想方设法打压像辛弃疾这样的主战派。

辛弃疾不是不明白朝廷的局势，但是他不肯放弃自己的理想。担任地方官期间，他兢兢业业，不仅平定了荆南茶商的起义，还向朝廷申请创建一支军队，以防备当地的匪患。得到朝廷的同意后，辛弃疾

立刻开始着手创建军队。最后，在他的努力下，一支纪律严明、训练有素的地方军队——"飞虎军"诞生了。

但是，飞虎军刚创建不久，辛弃疾就被调走了。此后，辛弃疾频繁调动，不是掌管运输，就是掌管政务或钱粮等，不仅无法长期在一个地方任职，而且离他抗金报国的志向越来越远。辛弃疾明白，朝廷这样做是为了防止主战派的势力变大。对此，他毫无办法。

后来，辛弃疾又从湖北调往湖南。离开湖北前，他的同僚王正之在小山亭设宴为他送行。一时间，政治上的失意和离别的伤感一起向辛弃疾涌来，他感慨不已，写下了这首《摸鱼儿》。

赏析

这首词的上片重在写景，抒发词人的惜春之情；下片运用典故，感叹美人迟暮。整首词实际上表达了词人对国家命运的担忧和壮志难酬的哀叹，结尾句含蓄地指出了南宋王朝日薄西山的事实，从中可以读出词人深深的无奈和痛心。

洞仙歌·冰肌玉骨

苏轼

　　冰肌玉骨^①，自清凉无汗。水殿风来暗香满^②。绣帘开、一点明月窥人，人未寝、欹枕钗横鬓乱^③。

　　起来携素手，庭户无声，时见疏星渡河汉^④。试问夜如何？夜已三更，金波淡、玉绳低转^⑤。但屈指、西风几时来，又不道、流年暗中偷换。

注释

　　① 冰肌玉骨：肌肤像冰，骨骼似玉，形容女子的肌肤莹洁光滑。

　　② 水殿：建在摩诃池上的宫殿。摩诃池，始建于隋朝，位于今四川省成都市中心。

　　③ 欹：斜靠。

　　④ 河汉：银河。

　　⑤ 金波：指月光。玉绳：星名，位于北斗星附近。

词意

　　肌肤如冰，骨骼似玉，自然是身体清凉，不会出汗。宫殿里清风徐徐吹来，幽香弥漫。绣帘被风吹开，洒进一缕月光，把佳人窥看。佳人还没有入睡，斜

倚着枕头，钗发凌乱。

他起来牵着她的素手，庭院寂静，不时看见流星划过银河。试问夜有多深了？已是三更时分，月光浅淡，玉绳星转到了低处。掐指计算秋风何时吹来，感到年华似水，在不知不觉中悄悄地流走了。

品故事

唐朝灭亡后，在中原地区之外存在过许多割据政权，其中一个是后蜀。后蜀只存在了三十多年，末代皇帝名叫孟昶。

孟昶一生致力于享受荣华富贵，他怕热，就在摩诃池上建了一座水晶宫殿用来避暑，极尽奢华之能事。孟昶还很喜欢美女，妃嫔无数，但他最宠爱的是慧妃，赐号"花蕊夫人"。有一年盛夏，孟昶和花蕊夫人在水晶宫中乘凉，孟昶为花蕊夫人写了一首词。当时，一个19岁的尼姑在宫中伺候，她把这首词记在了心中。后来，宋军攻灭后蜀，孟昶兵败投降，不久暴病而亡。花蕊夫人身不由己，成了宋太祖的妃嫔，不久后也死了。

岁月荏苒，一晃七十多年过去了，蜀地眉山，一个名叫苏轼的孩子呱呱坠地。七年后，小苏轼遇到了一个老尼姑，她自称曾跟随师父住在后蜀宫中，还给苏轼念了一首孟昶所写的词。

四十年后，苏轼回想起这件事，只记得这首词的开头两句："冰肌玉骨，自清凉无汗。"他细细品味，发现用的是"洞仙歌"这一词牌，于是提笔补足了后面的部分，就是这首《洞仙歌·冰肌玉骨》。

赏析

这首词描写了五代时期，后蜀国的君主孟昶和他的贵妃花蕊夫人夏夜乘凉的情景。上片写花蕊夫人形容美貌、仪态万方，下片写花蕊夫人与国君在摩诃池上乘凉，感叹时光易逝。语言空灵，想象奇特，境界幽远，让人如临其境。

永遇乐·彭城夜宿燕子楼①

苏轼

明月如霜，好风如水，清景无限。曲港跳鱼，圆荷泻露，寂寞无人见。纮如三鼓②，铿然一叶③，黯黯梦云惊断④。夜茫茫，重寻无处，觉来小园行遍。

天涯倦客⑤，山中归路，望断故园心眼。燕子楼空，佳人何在，空锁楼中燕。古今如梦，何曾梦觉，但有旧欢新怨。异时对，黄楼夜景⑥，为余浩叹。

注释

①燕子楼：唐代尚书张愔侍妾关盼盼居处，位于徐州。

②纮如：击鼓声。

③铿然：金石声。此喻树叶落地声。

④黯黯：心神沮丧貌。梦云：指梦见盼盼。

⑤倦客：疲劳不堪的漂泊异乡的人。词人自指。

⑥黄楼：苏轼守徐州时，为治理黄河水患，在彭城东门堆黄土建成黄楼。

词意

　　月光皎洁如霜，夜风清凉似水，清秋的夜晚风光无限。环绕的港湾中，鱼儿跃出水面；圆圆的荷叶上，露珠晶莹流转，这样的美景无人看到，只能独自寂寞。三更鼓响，一片秋叶凋落，铿然有声，把我从梦中惊醒。夜色茫茫，想重新入梦，美梦却无处可寻，醒来后走遍小园，心中惆怅。

　　漂泊天涯、身心疲倦的游子，一心想要归隐山林，但是故乡遥远，让人望眼欲穿。燕子楼空空荡荡，佳人已经不在，楼中空留着双飞的燕子。古今万事都如同梦境一般，谁曾从梦中醒来，只有那旧日的欢情和新添的愁怨。他日可有人对着黄楼的夜景，为我长叹。

品故事

　　苏轼担任徐州知州时，有一天夜宿燕子楼，梦到了唐代名妓关盼盼，醒来后有感而发，写下了这首《永遇乐》。

　　关盼盼是唐代时的一名歌妓，被工部尚书张愔纳为妾室，与张愔恩爱有加。有一次，诗人白居易来张愔家中做客，张愔设宴款待，关盼盼也在席间侍奉。当时，白居易写了两句诗来盛赞关盼盼的容貌："醉娇胜不得，风袅牡丹花。"后来，白居易离开了徐州，很长时间都没有张愔和关盼盼的音讯。

　　十多年后，白居易从一个名叫张仲素的人口中得知了张愔和关盼盼的消息：当年那场宴饮过后仅两年，张愔就因病去世了，关盼盼十分伤心，在张家老宅的燕子楼上独居不出，直到现在。

　　关盼盼后来怎么样了？史书中没有记载。但是，她的痴情可以跨越两百多年，走进苏轼的梦中，让苏轼发出"古今如梦"的浩叹，这又何尝不是一个美好的结局呢？

赏析

　　这是一首记梦词，上片写梦境和梦醒，下片抒情。词人将景、情、理融为一体，传达了一种深沉的人生感慨，暗含着出世隐居的意愿，意境清旷，余味悠然。

鹧鸪天·小令尊前见玉箫

晏几道

小令尊前见玉箫①。银灯一曲太妖娆②。歌中醉倒谁能恨，唱罢归来酒未消。

春悄悄，夜迢迢。碧云天共楚宫遥③。梦魂惯得无拘检④，又踏杨花过谢桥。

注释

①小令：短小的歌曲。玉箫：这里代指一位歌女。

②银灯：灯火辉煌。

③碧云天：神仙所居之处。楚宫：楚王的官殿，这里暗用了楚王与巫山神女的典故。

④惯得：纵容，随意。拘检：约束，拘束。

词意

筵席上唱起小令时，我见到了玉箫。辉煌的灯火中，她轻歌一曲，分外妖娆。在这歌声中醉倒，谁能心生怨恨呢；歌声停歇，筵席散去，归来

· 125 ·

时醉意朦胧，仍觉余音缭绕。

春光寂静，春夜漫长。神仙居住的高天，和楚国的宫殿一样遥远。在梦中，我摆脱约束，逍遥自在，踏着满地的杨花走过了谢桥。

品故事

唐代时，有一位杰出的政治家、战略家和文学家，名字叫李德裕。他自幼喜欢读书，尤其精通《汉书》和《左传》。但是，他不喜欢科举考试，后来凭借祖先的功勋踏上仕途，最高做到了宰相，被大诗人李商隐称赞为"万古良相"。

李德裕的为官之路并不平坦，曾经三次被贬谪到浙西，而其中一次，他邂逅了谢秋娘。谢秋娘是当地有名的歌妓，他与谢秋娘一见钟情，于是为谢秋娘赎身，将谢秋娘纳为妾室，还专门为她置办了一座宅院。可惜红颜薄命，谢秋娘二十多岁就香消玉殒了。李德裕非常悲恸，用隋炀帝所创的《望江南》曲填了一首词，寄托自己无尽的哀思，并用谢秋娘的名字给这首词命名，这就是词牌"谢秋娘"的由来。

后来，白居易用"谢秋娘"这个词牌填了三首词，其中有"能不忆江南"的句子，"谢秋娘"因此改名为"忆江南"。而李德裕和谢秋娘的爱情故事也流传后世，谢秋娘居住的宅院被后人称为"谢宅"，在诗词作品中通常泛指歌妓的住所；通往谢宅的桥则被称为"谢桥"，泛指通往歌妓住所的道路。

赏析

这是一首春夜怀人词，上片写筵席之乐，气氛热烈；下片写从筵席归来后，主人公的孤单和落寞。全词先写现实，最后以梦境结尾，构思巧妙，余味无穷。

捣练子·砧面莹

贺铸

砧面莹^①，杵声齐^②。捣就征衣泪墨题^③。寄到玉关应万里^④，戍人犹在玉关西^⑤。

注释

①砧：即捣衣石，古代捣衣所用的垫石。莹：光洁、平滑。

②杵声：捣衣的声音。杵，古代捣衣所用的木棒。

③泪墨题：泪和着墨汁写信。

④玉关：玉门关，古时候通往西域的要道。

⑤戍人：古代守边的士兵，这里指女主人公戍守边关的丈夫。

词意

捣衣石因为使用多年而光洁平滑，捣衣的声音协调整齐。捣好布料后，做成衣服寄给丈夫，忍不住泪如雨下，用眼泪和着墨汁写好了家书。衣服和家书寄到玉门关应该有万里的路程，而戍守边疆的丈夫还在玉门关的西边。

品故事

玉门关在历史上是重要的军事关隘和通商要道，原来叫作"小方盘城"。关于"玉门"这个名字的由来，还有一个美丽的传说。

古时候，小方盘城西面的地形十分复杂，而且没有水源，每当夏天到来时，赶路的商人经常中暑晕倒。所以，人们都尽量在白天休息，到了晚上再赶路。可那个时候没有路灯，商队在晚上赶路很容易迷失方向，就连识途的老马也经常在这里迷路。因此，这里被人们称为"马迷途"。

当时，有一支贩卖玉石的商队，就在这里迷路了三次。第一次，他们救下了一只会说话的大雁，这只大雁为了报答商队，引导商队顺利到达了小方盘城。第二次迷路的时候，这只大雁又来了，边飞边叫道："要想从此不迷路，方盘城上镶宝玉。"商队头领满口答应下来，却在抵达小方盘城之后反悔了。

第三次迷路时，大雁再次飞了过来，高声叫道："方盘若镶玉，何至到如今？若还不舍玉，绝不引迷路。"商队头领没有办法，只得跪下来说："如果这次能走出迷途，我一定献出宝玉！"就这样，大雁又一次带领商队走出了"马迷途"，而商队头领也终于信守承诺，挑了一块上好的玉石镶嵌在城楼顶端。

这时，神奇的事情发生了——这枚玉石竟然发出了夺目的光芒，数十里之外都能看清。此后，经过"马迷途"的人在玉石光芒的指引下，再也没有迷过路，小方盘城就因此改名为"玉门关"了。

赏析

这首词短小精悍，但是耐人寻味。"砧面莹"说明妻子捣衣的次数之多，暗示丈夫戍守边疆已经很多年了；"泪墨题"抓住妻子一边写信一边流泪的场景，展现了妻子无比悲苦的内心；"戍人犹在玉关西"则突出了夫妻之间的距离非常遥远。全词语言直白，但感情真挚，余韵悠长。

清平乐·春归何处

黄庭坚

春归何处，寂寞无行路①。若有人知春去处，唤取归来同住。

春无踪迹谁知②，除非问取黄鹂。百啭无人能解③，因风飞过蔷薇。

注释

① 寂寞：清静，寂静。行路：指春天来去的踪迹。

② 谁知：有谁知道春的踪迹。

③ 百啭：形容黄鹂叫声婉转。解：懂得，理解。

词意

春天回哪里去了？找不到它的踪迹，让人倍感寂寞。如果有人知道春天的去处，请把它唤回来与我同住。

春天一去无踪迹，有谁知道它在哪里？只好去问问黄鹂鸟。黄鹂鸟的叫声婉转动听，但是没有人能听懂；一阵风吹来，它随着风儿飞过了盛开的蔷薇花。

品故事

　　黄庭坚，字鲁直，号清风阁、山谷道人、山谷老人等，北宋文学家、书法家，这首《清平乐》是他晚年遭到贬谪后所作。关于黄庭坚，有一个很著名的故事。

　　相传，黄庭坚十分孝顺父母，他知道母亲有洁癖，忍受不了便桶的味道，于是每天亲自为母亲倾倒和清洗便桶。这件事，黄庭坚从小的时候一直做到长大成人，即使后来他当了高官，家中仆人众多，他也没有把这件事交给别人来做。有人问他为什么，他回答说："为人子女，孝顺父母是应该的，不可以让他人代劳。"这就是"涤亲溺器"的故事，被后人收录在"二十四孝"之中。

　　后来，黄庭坚的母亲病重，他日夜守候在母亲身边，亲自为母亲端水喂药，把母亲照顾得无微不至，没有一天中断，也从来不抱怨辛苦劳累。苏轼曾毫不掩饰地称赞黄庭坚，说他"瑰伟之文，妙绝当世；孝友之行，追配古人"。前两句说的是黄庭坚的文采，后两句说的则是他孝顺父母、友爱兄弟的美好德行。

赏析

　　这是一首感叹春天一去不返的惜春词，上片写春天归去，无影无踪；下片写寻找春天，但是没有结果，反而等来了蔷薇花开，暗示夏天到了。词人将春天拟人化了，使全词充满了浪漫主义色彩，趣味盎然，轻巧淡雅，耐人寻味。

鹧鸪天·黄菊枝头生晓寒

黄庭坚

黄菊枝头生晓寒。人生莫放酒杯干。风前横笛斜吹雨，醉里簪花倒着冠。

身健在，且加餐①。舞裙歌板尽清欢。黄花白发相牵挽②，付与时人冷眼看。

注释

① 加餐：语本李白《代佳人寄翁参枢先辈》："直是为君餐不得，书来莫说更加餐。"

② 黄花：同黄华，指未成年人。白发：指老年人。

词意

黄色的菊花在深秋的清晨显露出阵阵寒意。人生短暂，要及时行乐，不要让酒杯变干。在斜风细雨中横吹长笛，在朦胧醉意中把菊花插在头上，倒戴着头冠。

趁着身体还健康，要多吃些饭。在佳人和歌舞的陪伴下纵情欢乐。头上的菊花和花白的头发相互映衬，将这副疏狂的模样展现在世人眼前，任凭世人投来轻蔑的目光。

品故事

　　这首词是黄庭坚被贬谪到戎州的时候创作的，从中可以看出他愤懑不平的情绪。其中的"醉里簪花倒着冠"一句，用的是"山简醉酒"的典故。

　　山简，字季伦，西晋时期的名士，在他生活的年代，王权衰微，四方贼寇不断，天下眼看就要分崩离析，无论是朝廷官员还是民间百姓，都对局势忧心忡忡，只有山简每天游山玩水，轻松自在。

　　山简在襄阳做官时，很喜欢到一个名叫"高阳池"的地方设宴饮酒，一直喝到太阳西沉才回家。每当这个时候，酩酊大醉的他就常常倒戴着头巾、骑着马儿，摇摇晃晃地走在路上，一副憨态可掬的模样。当时的人们还给他编了一首歌谣："山公时一醉，径造高阳池。日暮倒载归，酩酊无所知。复能乘骏马，倒著白接篱。举手问葛强，何如并州儿？"其中的"接篱"指的就是头巾。后来，人们就经常用"山简醉酒"来形容醉酒或醉态。

赏析

　　这是一首宴席间互相酬唱之作。上片写劝酒，既是劝别人，也是劝自己到酒中去寻求安慰和欢乐；下片则是对世俗的侮慢与挑战。黄庭坚用这种自娱自乐和放浪形骸的方式来发泄心中郁结的愤懑与不平，对现实中的政治迫害进行调侃和抗争，体现了他挣脱世俗约束的理想。

生查子·金鞭美少年

晏几道

金鞭美少年，去跃青骢马^①。牵系玉楼人^②，绣被春寒夜。
消息未归来，寒食梨花谢^③。无处说相思，背面秋千下。

注释

① 青骢马：毛色青白相杂的骏马。

② 玉楼：华美的楼阁。这里指女子的闺楼。

③ 寒食：在清明节前一天（一说清明节前两天），古时节令名。

词意

　　英俊潇洒的公子扬着黄金马鞭，骑着青骢马飞驰而去。他离去的身影牵动着闺中佳人的心，锦被太薄，难以抵御春夜的寒意。

　　公子一去便杳无音讯，寒食节过了，梨花也凋谢了。佳人的相思之苦无处诉说，只能默默地站在秋千下，背过脸去独自叹息。

品故事

这首词中的"青骢马"出自我国文学史上的第一部长篇叙事诗——《孔雀东南飞》，这首诗讲述了一个凄婉的爱情故事。

相传，在东汉年间，有一对才貌双全、情投意合的夫妻，丈夫名叫焦仲卿，妻子名叫刘兰芝。焦仲卿在外做官，刘兰芝在家操持家务、孝顺婆婆，十分勤劳。但是，婆婆不喜欢刘兰芝，对她百般刁难。刘兰芝不堪忍受，准备离开焦家。焦仲卿听说后，赶回家苦苦央求母亲，却被母亲训斥了一顿。焦仲卿没有办法，只得把刘兰芝送走，分别前，他保证一定会找机会把刘兰芝接回来，刘兰芝也答应会等他。

可是天不遂人愿，刘兰芝回到娘家不久，太守就请媒人来提亲，刘兰芝的哥哥见钱眼开，强迫刘兰芝答应了这门亲事。太守十分高兴，很快定好了成亲的日子，还准备了许多结婚的物品，其中就有青骢马。

焦仲卿听说了这个消息后，十分伤心，他找到刘兰芝，埋怨她违背誓言。刘兰芝也很难过，说出了自己的苦衷。二人知道今生今世无法长相厮守，于是约定共赴黄泉。很快，成亲的日子到了，刘兰芝"揽裙脱丝履，举身赴清池"，投水而亡，焦仲卿听说后，也"徘徊庭树下，自挂东南枝"。

悲剧发生后，焦家和刘家都很悲恸，他们把这对有情人合葬在一起，又在坟墓的旁边种上松柏和梧桐。这些树木枝叶交错，当中有一对鸳鸯，仰着头相对而鸣，声音十分凄凉。

赏析

这首词描写的是闺中佳人的相思之苦，上片写"金鞭美少年"离开和佳人独守空闺的场景，下片写佳人苦等心上人，但心上人迟迟不归。全词笔触细腻，将佳人复杂而苦闷的心理刻画得淋漓尽致。

相见欢·金陵城上西楼

朱敦儒

金陵城上西楼^①，倚清秋。万里夕阳垂地大江流。
中原乱^②，簪缨散^③，几时收？试倩悲风吹泪过扬州^④。

注释

① 金陵：南京。城上西楼：西门上的城楼。
② 中原乱：指靖康之变。
③ 簪缨：古代显贵者的冠饰，比喻达官贵人。
④ 倩：请。扬州：地名，今属江苏，当时多次遭到金兵的破坏。

词意

　　登上金陵西门上的城楼，倚楼观看清秋时节的景色。夕阳的余晖洒遍万里江山，滔滔江水滚滚东流。
　　中原大乱，达官贵人纷纷逃散，什么时候才能收复国土？试着请那悲鸣的风儿，将我的热泪吹到扬州。

品故事

北宋末年，金军大举南下，势如破竹，宋徽宗又急又怕，生了一场大病，于是把皇位传给了长子赵桓，赵桓就是宋钦宗。可是，宋徽宗的这一举动没能挽救北宋灭亡的命运，金军很快就攻破了都城汴京，宋徽宗和宋钦宗都成了金军的俘虏，同时被俘的还有皇室宗亲、后宫嫔妃、朝廷大臣等三千多人。

金人把宋徽宗和宋钦宗掳到北方囚禁起来，让他们住在极其简陋的小屋里。当时冬季刚刚结束，北方的天气还十分寒冷，可二帝穿的是单衣，睡的是毛毡席，经常冷得睡不着觉。而且，金兵常常以虐待他们为乐，让他们饱受折磨。在百般的痛苦和屈辱下，宋徽宗一度想结束自己的生命，幸好被宋钦宗及时发现，救了下来。可是，宋徽宗的病一天比一天严重，没过多久还是去世了。宋徽宗死后，宋钦宗继续忍受着非人的折磨，相传最后惨死于马蹄的践踏之下。

被俘虏到北方的皇室宗亲生活悲惨，留在中原的大宋百姓更是饱受金军的蹂躏，处于水深火热之中。这时，因为在外地而没有被俘的赵构就成了他们唯一的希望和倚靠。赵构是宋徽宗的第九个儿子，得知汴京城破后逃往南方，于是百姓纷纷跟随，争相南渡，朱敦儒也在其中。经过一番颠沛流离，狼狈的朱敦儒来到了金陵，在这里稍作休息。其间，他登上金陵城西门城楼，极目远眺，悲从中来，于是写下了这首《相见欢》。

赏析

这首词上片写词人登上城楼所见的景色，点明时间是"清秋"，烘托出萧索之感；下片写金人入侵中原的国事，表达了词人强烈的亡国之痛和深厚的爱国精神，以及对不思进取的达官显贵们的谴责，感人至深而又引人深思。

秋波媚·七月十六日晚登高兴亭望长安南山①

陆游

秋到边城角声哀，烽火照高台②。悲歌击筑③，凭高酹酒④，此兴悠哉。

多情谁似南山月，特地暮云开。灞桥烟柳⑤，曲江池馆，应待人来。

①高兴亭：位于南郑（今属陕西）内城西北，地处抗金前线，当时陆游在南郑任上。

②高台：这里指高兴亭。

③筑：古代的一种弦乐器。

④酹酒：把酒洒在地上的祭祀仪式。

⑤灞桥：在今陕西西安城东。唐代时，人们往往送客到灞桥，折柳赠别。

秋意来到边城，号角声充满悲哀，报告平安的烽火映照着高兴亭。我击筑悲歌，登高酹酒，收复关中的热情高涨。

谁能像南山的明月那样多情，特地把暮云推开？灞桥边如烟的翠柳，曲江池畔美丽的楼台，此时应该正等待着我军收复失地，胜利归来。

品故事

陆游四十多岁时，应四川宣抚使王炎的邀请，来到抗金前线南郑任职。其间，他登高远眺，写下了这首《秋波媚》。其实，陆游前往南郑的途中，还发生过一件有趣的事。

当时，陆游途经四川梁山的蟠龙山，正遇上蟠龙桥落成，官员和百姓举行庆祝活动，鞭炮震耳，锣鼓喧天。大家见大诗人陆游来了，就请他给蟠龙桥写一副对联。陆游看这蟠龙桥气势宏伟，写道："桥锁蟠龙，阴雨千缕翠；林栖鸣凤，晓日一片红。"

陆游走后，来了一对姓肖的父女，女儿名叫肖英姑，看了陆游的对联后连声称赞，然后若有所思地说："只有一个字不太贴切，让对联失去了气势。"原来，这肖家本是书香门第，后来家道中落，只剩这一对父女，隐居在蟠龙山。肖英姑在父亲的教导下，诗词歌赋、天文地理无一不通，当地人对她非常敬佩。

没过多久，肖英姑的话就传到了陆游那里，他想不出究竟是哪个字不好，于是来找肖英姑。肖英姑见陆游诚恳求教，反倒不好意思起来，笑道："我本是山野村女，斗胆直言，如果说得不好，还望大人指教。"然后说："大人的上联'桥锁蟠龙，阴雨千缕翠'无懈可击，但如果把下联中的'一片红'改成'一声红'，岂不更妙？这正是'凤凰鸣而旭日升'，不知大人以为如何？"陆游听了，大赞道："妙！真是一字师也！"于是来到桥上，把"片"改成了"声"，而这个故事很快就流传开来，直到现在依然为人们津津乐道。

赏析

这首词写的是词人在夜晚登高望远时的所见、所想，充满了对抗金胜利的信心，笔调开阔，气势昂扬，从中可以读出词人对收复失地的强烈渴望和饱满充沛的爱国热情。

鹊桥仙·华灯纵博

陆游

华灯纵博，雕鞍驰射，谁记当年豪举。酒徒一半取封侯^①，独去作、江边渔父。

轻舟八尺，低篷三扇，占断苹洲烟雨^②。镜湖元自属闲人^③，又何必、官家赐与^④。

注释

① 酒徒：市井平民，这里指无意北伐，只知道沉迷于酒色之中的人。

② 占断：完全占有。苹洲：苹草丛生的小河。

③ 闲人：词人自称，含愤激之情。

④ 官家：指当时的南宋皇帝。

词意

在华灯下纵情博弈，骑着骏马驰骋打猎，当年这些豪气干云的军旅生活还有谁记得？只知道饮酒作乐的人，有一半加官晋爵了，只有我隐居江边，成了一个渔翁。

轻舟有八尺长，撑着三扇低矮的船篷，独占这苹草丛生、烟雨迷蒙的小河美景。镜湖本来就属于闲人，又何必非要皇帝赐与呢？

品故事

　　陆游心怀抗金的志向，被主和派排挤，多次遭到贬谪。晚年时，他再次被罢免，于是隐居山阴，这首词就是他在山阴时写的。隐居期间，陆游十分乐于助人，所以当地百姓都很喜欢他，遇到什么事也喜欢找他出主意。

　　有一次，有两家人起了矛盾，事情的经过是这样的：陈家搭建猪棚时，不小心弄碎了赵家猪棚上的瓦片，赵家要求赔偿，陈家却不愿意，双方互不相让，打了起来，陈家大哥还在打斗中受了伤。

　　两家人僵持不下，就一起来找陆游评理。陆游先是请来医生给陈家大哥处理伤口，然后就让双方各自回家等着。第二天，两家人又来找陆游，可陆游只问了陈家大哥的情况，聊了聊两家人友好相处的往事，就让他们走了。

　　就这样过了几天，陆游一直对打架伤人的事闭口不谈，而陈家和赵家都渐渐消了气。赵家人觉得打伤人毕竟不对，于是买了一些礼物去看望陈家大哥，并诚恳地赔礼道歉。这样一来，陈家反而不好意思了，主动提出赔偿赵家的损失，一场风波就这样平息了。

　　事后，陈家和赵家问陆游为什么一直拖着不解决问题，陆游笑着说："我那样做是为了让你们都消消气，让大事化小、小事化了。"虽然陆游没有解决问题，但问题本身得到了解决，因此，大家更佩服陆游的智慧了。

赏析

　　词人在上片回忆自己豪壮洒脱的军旅生涯，表达了对朝廷重用无能之辈、放逐仁人志士的不满；下片描述自己的生活现状，看似与自然美景为伴，超然物外，但实际上充满激愤，流露出词人忧国忧民的情怀。

秦楼月·芳菲歇

向子諲

芳菲歇，故园目断伤心切①。伤心切，无边烟水，无穷山色。

可堪更近乾龙节②，眼中泪尽空啼血③。空啼血，子规声外，晓
风残月。

注释

① 故园：这里指沦陷的国土。目断：望断。

② 乾龙节：四月十三日是宋钦宗赵桓的生辰，定为乾龙节。

③ 啼血：这里指词人悲痛至极。

词意

百花凋谢，登高遥望故园，心
中悲切。心中悲切，烟水迷离无边，
远山连绵无际。

何况乾龙节就快到了，我流尽
了眼泪，像杜鹃鸟那样空自啼血。

空自啼血，杜鹃声之外，清冷的晨风吹来，一弯残月就要落下去了。

品故事

　　相传，李白创作过一首词，名叫《忆秦娥·箫声咽》，其中有"秦娥梦断秦楼月"的句子。后人根据《忆秦娥·箫声咽》的韵调填词，这就是词牌"秦楼月"的由来，又称"忆秦娥"。秦娥，指的是秦穆公的女儿弄玉，关于她，流传着一个十分动人的爱情故事。

　　弄玉生得花容月貌，擅长吹箫，住在"凤楼"中。有一天晚上，万籁俱寂，星光灿烂，弄玉兴致大发，坐在楼中吹起箫来。渐渐地，她感到自己不是在独奏，因为不知从什么地方传来了隐约的箫声，与她的箫声合在一起，十分和谐。这个吹箫的人是谁呢？弄玉十分好奇。这天晚上，她梦见一个风度翩翩、英俊不凡的少年乘着凤凰而来，少年说自己名叫萧史，住在华山，很喜欢吹箫，是被弄玉的箫声吸引来的。说完，少年开始吹箫，弄玉与他合奏，两个人配合得非常默契，箫声如同天籁之音。

　　第二天，弄玉醒来，对梦中的少年念念不忘，就把这件事告诉给了秦穆公。秦穆公非常疼爱这个女儿，就派人到华山寻找萧史，没想到果然找到了。萧史和弄玉一见如故，再见倾心，两个人很快结为夫妻，过起了琴瑟和鸣的幸福生活。他们后来怎样了呢？有人说，一次他们在月下吹箫，天上忽然飞来一龙一凤，把他们接到天上去了。

赏析

　　词人借惋惜春天，来抒发自己对国破家亡的悲愤之感和对故园的无限怀念之情。全词情景交融，笔调深沉悲怆，末尾的"晓风残月"暗指北宋王朝破败的河山，读来意蕴悠长，催人泪下。

满江红·题南京夷山驿

王清惠

太液芙蓉①，浑不似、旧时颜色。曾记得、春风雨露②，玉楼金阙。名播兰馨妃后里③，晕潮莲脸君王侧。忽一声、鼙鼓揭天来④，繁华歇。

龙虎散⑤，风云灭。千古恨，凭谁说。对山河百二，泪盈襟血。客馆夜惊尘土梦，宫车晓碾关山月⑥。问嫦娥、于我肯从容，同圆缺？

注释

①太液：唐代大明宫内的太液池。这里借指南宋宫廷。

②春风雨露：比喻帝王的宠爱。

③兰馨：本指女子的首饰，这里借指宫中后妃。

④鼙鼓：指战鼓。

⑤龙虎：比喻南宋君臣。

⑥宫车：指词人和其他后妃共同乘坐的车子。

词意

宫中的荷花，全然不像从前那样鲜艳。还记得蒙受帝王的恩宠，皇家宫殿富丽堂皇。在后妃中声名出众，如同兰花那样芬芳；常常陪伴在帝王身边，脸颊红润光鲜。

忽然传来一声战鼓，惊天动地，繁华顿时烟消云歇。

　　君臣离散，国家覆灭。这亡国的千古遗恨，能向谁诉说？面对破碎的山河，我满眼泪水，啼出的鲜血染红了衣襟。夜宿驿馆，常常被噩梦惊醒；黎明时分，宫车碾着残月的清辉，在荒凉的关山颠簸前行。询问嫦娥，可否让我跟随你离开尘世，与月亮一起圆缺？

品故事

　　南宋末年，元朝皇帝忽必烈派兵南下，势不可挡，南宋都城临安岌岌可危。年幼的宋恭帝赵㬎被迫退位，向元军投降。元军押解着宋恭帝和皇室宗亲、后宫嫔妃、朝臣等数千人北上，昭仪王清惠也在其中。队伍途经北宋都城汴梁时，在驿馆歇脚，王清惠在驿馆的墙壁上写下了这首《满江红》。

　　当时，一起被押解到北方的还有南宋宫廷诗人汪元量，他出家当了道士后，元朝皇帝允许他回到南方，王清惠为他送行，写了一首诗《送水云归吴》相赠："朔风猎猎割人面，万里归人泪如霰。江南江北路茫茫，粟酒千锺为君劝。"

　　后来，王清惠也挽髻为道，道号冲华。但是，她最终死在了北方的异国，没能回到南方的故乡。

赏析

　　词的上片追忆了南宋亡国之前，词人在宫中春风得意的生活；下片写南宋灭亡后，词人被俘，在北上途中的所思所感。词人通过细腻的笔触，将千古难消的亡国之恨抒发得淋漓尽致，读来如泣如诉，真挚感人。

夜游宫·记梦寄师伯浑①

陆游

雪晓清笳乱起②。梦游处、不知何地。铁骑无声望似水。想关河③，雁门西④，青海际⑤。

睡觉寒灯里，漏声断、月斜窗纸⑥。自许封侯在万里。有谁知，鬓虽残，心未死。

注释

①师伯浑：词人的朋友。

②笳：古代军队中使用的一种管乐器。

③关河：边塞，边防。

④雁门：雁门关，在今山西省代县西北。

⑤青海际：青海湖边。青海湖在今青海省。

⑥漏声断：指夜深。漏，古代计时器。

词意

大雪飘飞的清晨，笳声乱起。梦中所到的地方，不知是哪里。铁骑没有声音，远远望去，像水流一般连绵不绝。猜

想这个边防之地，应该是在雁门关以西，青海湖的边上。

在寒冷的灯光中睡醒，更漏声已经停了，月光透过窗户纸斜斜地照射进来。我自信能在万里之外建功封侯。可有谁知道，我的鬓发虽然已经稀疏，但收复中原的志向并未死去。

品故事

这是陆游写给好友师伯浑的一首词。师伯浑是四川眉山人，非常有才华，年少时就名动蜀地，当时很多上流人物都希望与他结交，甚至有人想提拔他做官，但是因为小人从中作梗，没有成功。不过，许多达官贵人每年都会带着财物去拜访他，所以他十分富有。

一个夏天，师伯浑和陆游在眉山偶遇，两个人一见如故，举杯畅饮，一直到半夜才罢休。他们分别后，都十分想念对方，于是经常写诗词相赠。这一天，对收复中原念念不忘的陆游，又梦见了当年在南郑时金戈铁马的军旅生活。醒来后，陆游惆怅万千，于是写下这首《夜游宫》寄给师伯浑。

后来，师伯浑病逝，他的儿子师怀祖把他生前所写的文章整理成《师伯浑文集》。师怀祖知道父亲与陆游交好，于是特地带着书稿，不远万里前来拜访陆游，请他给《师伯浑文集》写一篇序，陆游欣然答应。在序中，陆游讲述了与师伯浑相识的经过，称赞师伯浑的歌声"声摇江山"，称赞他的书法"如春龙奋蛰，奇鬼搏人"。

赏析

这首词的上片记梦，勾勒出一幅辽阔苍凉的边塞风光图；下片写梦醒后的所见所想，孤独凄冷的环境暗喻宋王朝风雨飘摇的处境，与词人收复失地的爱国热情形成鲜明对比，笔调雄浑，意蕴悲壮。

太常引·建康中秋夜为吕叔潜赋①

辛弃疾

一轮秋影转金波②，飞镜又重磨③。把酒问姮娥④：被白发，欺人奈何？

乘风好去，长空万里，直下看山河。斫去桂婆娑⑤，人道是，清光更多。

注释

① 吕叔潜：词人的朋友，生平不详。
② 金波：这里指月光。
③ 飞镜：这里指月亮。
④ 姮娥：即嫦娥。
⑤ 斫：砍。桂：桂花树。

词意

一轮圆月金波流转，好像重新磨好的铜镜飞上了夜空。我举杯询问月中的嫦娥：白发渐渐变多了，是在欺负我拿它没有办法吗？

我乘着清风，飞上那万里长空，俯瞰祖国的大好山河。我要砍掉月宫中树影婆娑的桂树，因为人们都说，这样月亮洒下的清辉将会更多。

这首《太常引》是辛弃疾在中秋之夜写给朋友的，通过嫦娥奔月的神话传说来寄托自己收复中原、反对议和的政治理想。

相传，在很久以前，天上有十个太阳，大地几乎要被晒焦了，百姓无法种植粮食，又没有水喝，实在是苦不堪言。这时，力大无穷的后羿挺身而出，用神弓射落了九个太阳，百姓的苦难才终于结束了。昆仑山的西王母很欣赏后羿的做法，就赐给他一颗仙药，人吃了可以长生不老、升天成仙。但是，后羿没有吃这颗仙药，因为他不愿离开自己美丽善良的妻子嫦娥。

后来，仙药的事被恶人逢蒙知道了，他趁后羿外出的时候来到后羿家中，威逼嫦娥交出仙药。嫦娥心想：要是让这个坏人长生不老，不是会有更多的人受害吗？于是，她断然拒绝了逢蒙的要求。逢蒙见状，就在后羿家中翻箱倒柜地找了起来，眼看仙药就快被找到了，嫦娥情急之下，赶紧拿出仙药吞了下去。顿时，她感到自己的身体变轻了，飘飘悠悠地飞上了天空，最后飞到了月亮上。后羿回来后，知道了这件事，十分伤心，但是无能为力，只能与月宫中的妻子遥遥相望。

嫦娥奔月的这一天是八月十五，后来的人们会在这一天纪念嫦娥，这就是中秋节的由来。

在这首词中，词人借用嫦娥奔月的神话传说，来抒发自己对软弱的统治者的不满和对山河破碎、收复无望的悲叹。全词充满了浓厚的浪漫主义色彩，想象丰富，感情真切，具有极高的艺术感染力。

风入松·一春长费买花钱

俞国宝

一春长费买花钱。日日醉湖边。玉骢惯识西湖路[1]，骄嘶过、沽酒楼前。红杏香中箫鼓，绿杨影里秋千。

暖风十里丽人天。花压鬓云偏。画船载取春归去，余情付、湖水湖烟。明日重扶残醉，来寻陌上花钿[2]。

注释

① 玉骢：青白色的马。

② 陌：田间小路，南北叫阡，东西叫陌，这里泛指路。花钿：即花饰，一种妇女首饰。

词意

整个春天不知花费了多少买花钱，每天都沉醉在西湖边。玉骢马对西湖的道路已经很熟悉了，昂首嘶鸣地走过酒楼。红杏的芳

香中乐曲阵阵，绿杨的树影里秋千悠悠。

春风十里，丽人翩翩，头上的花朵把如云的发髻都压偏了。夕阳西下，画船载着春光归去，我依旧沉醉在烟雨迷蒙的湖光美景之中。明天重新带着残醉，来小路上寻找遗落的花钿。

品故事

俞国宝，号醒庵，南宋著名诗人。他性格豪放，喜欢作诗饮酒，曾游览全国名山大川，留下了不少脍炙人口的佳作。

有一次，俞国宝游玩西湖时，词性大发，在一家酒肆的屏风上写下了这首《风入松》，不想被宋高宗偶然看见了。此时，宋高宗已经不是皇帝，而是太上皇了，他非常喜欢这首词，对其赞不绝口，驻足看了很久。

宋高宗问身边的人："这首词是谁写的？"身边的人回答："是太学生俞国宝喝醉以后写的。"宋高宗笑道："写得非常好，只是有些儒酸之气。"于是提笔，把其中的一句"明日再携残酒"改成了"明日重扶残醉"。后来，俞国宝因为这首词被授予了官职。

这件事发生在宋朝和金朝议和，双方暂时休战的年月。从这首词的内容及权贵对这首词的态度可以看出，当时的人们普遍被这种虚假的和平蒙蔽了，平民百姓日日笙歌，上层人士更是醉生梦死。这一切，都为南宋王朝埋下了覆亡的种子。

赏析

词的上片重在描写风光无限的西湖景色，下片重在刻画西湖游人如织的热闹气氛。全词风雅秀丽，勾勒出了一幅有声有色的"西湖盛景图"，让人如临其境。

木兰花令·次欧公西湖韵^①

苏轼

霜余已失长淮阔。空听潺潺清颖咽^②。佳人犹唱醉翁词，四十三年如电抹。

草头秋露流珠滑。三五盈盈还二八。与余同是识翁人，惟有西湖波底月。

注释

① 欧公：指欧阳修。

② 清颖：颖水。淮河支流，在今河南省。咽：声音低沉而不畅。

词意

秋霜降后，淮河没有了往日的壮阔。只听见颖水潺潺，好像在伤心地呜咽。歌女还唱着欧公在颖州做太守时所作的《木兰花令》词；到现在已经四十三年了，时光匆匆，如同闪电。

生命就像草叶上的秋露，晶莹圆润，但转眼就消失了。十五的月亮圆如银盘，可到了十六就开始渐渐残缺。和我一样认识醉翁的还有几人？只有西湖波底的明月罢了。

品故事

欧阳修是苏轼的老师，他们的师生情是我国文坛史上的一段佳话。

当年，苏轼进京赶考，主考官就是欧阳修。欧阳修批阅试卷时，为一篇好文章倾倒，想给此卷第一名。但他再一琢磨，觉得这篇文章很像是自己的学生曾巩写的。于是，为了避嫌，欧阳修给这份试卷评了第二名。

到了发榜的时候，欧阳修才知道这篇文章是苏轼写的，后悔不已。哪知苏轼得知后，一点儿也不计较。欧阳修很欣赏苏轼的才华和风度，就把苏轼收为弟子，这可把苏轼高兴坏了。原来，苏轼从小就视欧阳修为偶像，在心中早已把欧阳修当成自己的老师了。

后来，苏轼在颍州做官，此时的他已年过半百，而恩师欧阳修已去世多年。对苏轼来说，颍州是一个特别的地方，因为欧阳修曾在这里为官，隐居后又居住在这里，并在这里病逝。苏轼非常想念恩师，想起他曾在这里写了一首《木兰花令·西湖南北烟波阔》，于是作《木兰花令·次欧公西湖韵》寄托哀思。

赏析

这是一首怀人词，上片写词人泛舟颍河，触景生情；下片写词人感叹时光匆匆，表达了对老师欧阳修的无限怀念之情。全词委婉深沉，清丽凄恻，可见词人对老师的情深意长。

鹧鸪天·送人

辛弃疾

唱彻阳关泪未干①，功名馀事且加餐②。浮天水送无穷树，带雨云埋一半山。

今古恨，几千般，只应离合是悲欢③？江头未是风波恶④，别有人间行路难⑤！

词意

送别的曲子已经唱完，眼泪却还没有干；功名利禄这些多余的事不重要，要多吃些饭。水天相接，好像要把两岸的树木送到没有边际的远方；乌云携带着雨水，把高山遮去了一半。

古往今来让人怨恨的事情，有几千种，岂只有离别让人悲伤、相聚让人欢心？风高浪急的江水未必险恶，人生仕途才最为艰难！

品故事

　　辛弃疾是北宋遗民，早年参加过抗金斗争，后来到南宋朝廷为官。他一生以抗击侵略、恢复中原为志向，怀着一腔热血写了很多关于抗金的奏疏呈给朝廷，但都没有被当权者采纳。

　　渐渐地，辛弃疾看清了南宋朝廷只想苟且偷安的软弱嘴脸，自己的勃勃雄心在这里反而是格格不入的。但是，他始终不肯改变自己的志向，因此仕途坎坷。

　　辛弃疾担任过签判、知州、提点刑狱、安抚使等地方官，虽然调动频繁，但每到一地都政绩卓著。比如，他担任滁州知州只有半年时间，却扫空了当地的"荒陋之气"；他在湖南担任军职时，创立了"飞虎军"，威震一方……但是，这些努力都无法扭转南宋衰颓的大局。

　　有一年，辛弃疾从豫章赶赴临安，途中在江上送别友人。离别的伤感、壮志难酬的无奈和对国家前途的担忧一起向他袭来，他感叹不已，于是写下了这首《鹧鸪天》相赠。

赏析

　　这是一首送别词，上片叙事，写词人送别友人的情景；下片抒情，感叹仕途艰难，这与词人的自身经历有关。整首词篇幅虽短，但饱含着依依惜别的友情和深沉的人生感慨，笔调浑厚，词意开阔，耐人寻味。

贺新郎·别茂嘉十二弟

辛弃疾

绿树听鹈鴂。更那堪、鹧鸪声住，杜鹃声切。啼到春归无寻处，苦恨芳菲都歇。算未抵、人间离别。马上琵琶关塞黑①，更长门、翠辇辞金阙②。看燕燕，送归妾③。

将军百战身名裂④。向河梁、回头万里，故人长绝。易水萧萧西风冷⑤，满座衣冠似雪。正壮士、悲歌未彻。啼鸟还知如许恨⑥，料不啼清泪长啼血。谁共我，醉明月。

注释

①马上琵琶关塞黑：用汉代王昭君出塞远嫁匈奴事。

②长门：汉武帝时，陈皇后失宠，居长门宫。翠辇：饰有翠羽的帝王车驾。

③看燕燕，送归妾：《诗经·邶风》有《燕燕》一篇："燕燕，卫庄姜送归妾也。"

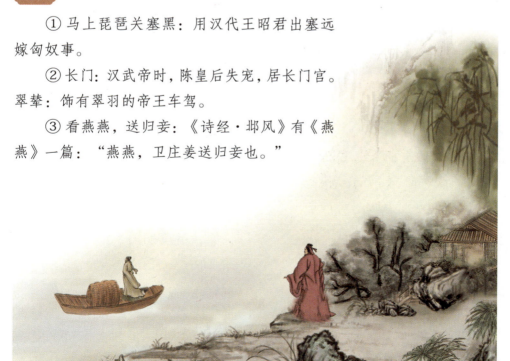

④ 将军：指汉将李陵。汉武帝时，李陵领兵出击匈奴，以少敌众，连战十余日，矢尽援绝，士卒死伤大半，最后被迫投降。

⑤ 易水萧萧西风冷：用荆轲辞燕入秦刺秦王事。

⑥ 还知：如果知道。

词意

绿树荫里，鹈鴂哀鸣。鹈鴂的叫声止住了，杜鹃却又开始悲切号呼，更令人伤心。一直叫到春天归去，再也无处可寻；百花都凋谢了，实在让人怨恨。算起来，这还比不上人间生离死别的痛苦。汉代的王昭君在马上弹奏凄凉的琵琶曲，奔向黑沉沉的关塞；更有陈皇后被冷落在长门别馆，乘坐翠碧的宫辇辞别皇宫殿宇。春秋时，卫国的庄姜作《燕燕》诗，送别庄公的妾戴妫。

汉代名将李陵身经百战，却因战败归降匈奴而身败名裂。他到桥头送别苏武，回望万里之外的故国，与友人永别。荆轲在易水边的瑟瑟寒风中慷慨高歌，送别的人都穿着如雪的衣冠。壮士的悲歌无尽无歇。如果啼鸟知道人间有这许多的愁恨，想必就不会再发出泣血的悲啼。如今茂嘉弟远别，还有谁与我一起饮酒，醉赏明月？

品故事

苏武是西汉时期杰出的外交家，他奉汉武帝之命出使匈奴，却被匈奴扣押。匈奴人对苏武威逼利诱，欲使他投降，但苏武赤胆忠心，宁死不屈。于是，匈奴单于让苏武到环境恶劣的北海边牧羊。从此，

苏武开始了长达十九年的艰难困苦的生活。

其间，西汉与匈奴交战，西汉将领李陵因寡不敌众而兵败，投降了匈奴。汉武帝大怒，不顾司马迁的劝解，诛杀了李陵三族。因此，李陵与汉朝断绝了关系。李陵还是苏武的好友，因此匈奴人让他劝降苏武，但依然没有成功。面对忠烈的苏武，李陵心情沉痛，他知道自己再也无法回到祖国了。

十九年后，汉朝与匈奴罢兵言和，苏武终于可以回家了。临行前，李陵设宴为苏武送行，这一别，他们此生再难相见。李陵作《别歌》一首，歌声凄凉悲怆，饱含着为国战斗的忠诚、兵败投降的屈辱、家人被诛的隐痛和故国难归的心酸，流传后世，经久不衰。

赏析

这是一首送别抒怀词，以鸟儿哀鸣开篇，营造出悲戚的氛围；接着引用了大量典故来写"愁恨"，抒发词人对美人不遇、英雄名裂和壮士难酬的义愤之情；最后以"谁共我，醉明月"结尾，回到"送别"的主题，余韵悠长。

洞仙歌·泗州中秋作

晁补之

青烟幂处①，碧海飞金镜②。永夜闲阶卧桂影。露凉时，零乱多少寒蛩③。神京远，惟有蓝桥路近④。

水晶帘不下，云母屏开，冷浸佳人淡脂粉。待都将许多明，付与金尊，投晓共、流霞倾尽⑤。更携取、胡床上南楼⑥，看玉作人间，素秋千顷⑦。

注释

① 青烟：指夜幕。幂：遮掩，覆盖。

② 碧海：指青天。金镜：指月亮。

③ 寒蛩：即寒蝉。

④ 蓝桥：桥名。传说唐朝裴航遇仙女云英处。

⑤ 流霞：仙酒名。指传说中的一种仙酒。

⑥ 胡床：也称交椅，一种可以折叠的坐具。

⑦ 素秋：秋天。素：白色。千顷：形容极其辽阔广远。

词意

烟雾弥漫的地方，明月像一面金灿灿的镜子飞上碧空。

长夜里，台阶上，卧着桂树的清影。夜露渐凉时，多少寒蝉鸣声零乱。京城汴梁那么遥远，只有蓝桥路近。

水晶帘高高卷起，云母做的屏风已经打开，明月的寒光浸润着佳人淡淡的脂粉。待我把这明月的光辉都倾倒在酒杯中，到了拂晓时分，把流霞倾尽。再携带胡床登上南楼，看如玉的月光洒满人间，看万里清秋素白如练。

品故事

传说，唐代时有一个秀才名叫裴航。有一次，他乘船时，看见同船一个自称樊夫人的女子长得国色天香，对她心生爱慕，于是写了一首情诗相赠。樊夫人看后，回复说："我是有夫之妇，你不得轻薄无礼。但我们有一些缘分，将来可以做亲戚。"

几年后，裴航进京赶考，经过蓝桥驿时，饥渴交加，就向路旁的一户人家讨水喝。这户人家的老婆婆听了，冲屋里说道："云英，拿一碗琼浆来。"不一会儿，一个花容月貌的女子端着一碗水走了过来，裴航接过喝了，果然如琼浆玉液一般。

裴航对云英一见倾心，就想提亲。老婆婆说："我年老多病，身边只有这个孙女伺候。昨天神仙送给我们一个药方，但要用月宫的玉杵来捣药，才能把我的病治好。如果你真想娶我的孙女，就去找那玉杵吧。"

几个月后，裴航终于把玉杵找来了，治好了老婆婆的病，如愿娶了云英为妻。婚后，两个人恩爱有加，后来一起成了仙。而云英的姐姐，正是当年的樊夫人。

赏析

这是一首赏月词，上片写明月初升，下片写宴饮赏月。月光原本是无形的，词人却要把它倒进酒杯中，赋予了月光流水般的形状，想象奇特。全词意境宏大，气势雄豪，体现了词人磊落的气概。

渔家傲·寄仲高①

陆游

东望山阴何处是②。往来一万三千里。写得家书空满纸。流清泪。书回已是明年事。

寄语红桥桥下水。扁舟何日寻兄弟。行遍天涯真老矣。愁无寐。鬓丝几缕茶烟里。

注释

① 仲高：陆游堂兄陆升之，字仲高。
② 山阴：作者故里，即今浙江省绍兴市。

词意 向东遥望，哪里才是故乡山阴呢？往来之间隔着一万三千里。提笔写一封家书，徒劳地写满了信纸。流下两行清泪，回信恐怕已经是明年的事情了。

遥问红桥下的流水，什么时候才能驾着扁舟寻找我的兄弟？我漂泊天涯，真的已经感到衰老疲惫了。愁思满怀，无法入睡；茶烟缭绕中，我的两鬓已经斑白稀疏。

品故事

陆游在南郑幕府任职时，曾经把自己抗金北伐的计划写成《平戎策》，呈递给朝廷。但是，朝廷驳回了这个计划，并且解散了幕府。

不久之后，陆游被调往成都担任安抚司参议官，这是一个没有实权的官职，也就是说，陆游实际上被朝廷边缘化了。陆游自己当然也知道这一点，在郁郁不得志的状态下，他怀着沉重的心情，骑着毛驴，不紧不慢地前往成都。

在前往成都的途中，陆游收到了堂兄陆升之寄来的家书。对此时此刻的陆游来说，这封信既给了他宽慰和温暖，又让他感到更加孤独无依。因此，读完信后，他写了一首诗："病酒今朝载卧舆，秋云漠漠雨疏疏。阆州城北仙鱼铺，忽得山阴万里书。"可以看出，陆游当时的心情是十分郁闷、低落的。

在回信的时候，陆游又写了这首《渔家傲》，字里行间充满了迟暮之叹和对亲人的思念之情。

赏析

这首词的上片写词人所在的地方，与故乡山阴相隔万里；下片写词人衰老的容颜和疲惫的心理，表达了对兄弟的无限思念。全词笔调婉转，语言清丽，感情深沉，读来令人叹息。

六州歌头·长淮望断

张孝祥

　　长淮望断，关塞莽然平。征尘暗，霜风劲，悄边声。黯消凝。追想当年事①，殆天数，非人力；洙泗上，弦歌地，亦膻腥。隔水毡乡②，落日牛羊下，区脱纵横③。看名王宵猎④，骑火一川明，笳鼓悲鸣，遣人惊。

　　念腰间箭，匣中剑，空埃蠹，竟何成！时易失，心徒壮，岁将零。渺神京。干羽方怀远，静烽燧，且休兵。冠盖使⑤，纷驰骛⑥，若为情！闻道中原遗老，常南望、翠葆霓旌⑦。使行人到此，忠愤气填膺。有泪如倾。

注释

　　① 当年事：指 1127 年金兵南侵，攻陷都城汴京，徽、钦二帝被掳北去之事。

　　② 隔水毡乡：指淮河以北金人所占领的中原地区。

　　③ 区脱：金兵的哨所。

　　④ 名王：指金兵将帅。

⑤冠盖使：指议和的使臣。

⑥驰骛：奔走。

⑦翠葆霓旌：指南宋皇帝的车驾仪仗。翠葆，用翠鸟羽毛装饰的车盖。霓旌，霓虹般的彩色旌旗。

词意

伫立在淮河岸边极目远眺，边塞野草丛生，荒原平阔。抵抗侵略的征尘已经黯淡，秋风又急又猛，边塞寂然无声。我感伤地凝视着，追想当年的靖康之耻，恐怕是天命，不是人力能扭转的；孔子曾经讲学的洙水和泗水边，礼乐文化之邦，如今也陷于金人之手。日落时，牛羊回栏的地方，敌人的营垒纵横交错。看敌人的将领夜间打猎，骑兵手持的火把照亮了整片平川。胡笳鼓角发出悲声，令人胆战心寒。

想我腰间的弓箭、匣中的宝剑，白白地落满灰尘，遭到虫蛀，满怀壮志竟得不到施展！时光轻易流逝，我空怀着壮志豪情，年华却已老去。收复汴京的希望如此渺茫。朝廷正在向敌人求和，边境上暂时休兵。穿戴官服、乘着车马的使者为了求和而奔走忙碌，实在让人难为情！听说沦陷区的中原父老常常向南眺望，等待皇帝的车驾仪仗到来。使行人来到此地，忠愤之气填满胸膛，泪如雨下。

品故事

这首词写于南宋名臣张俊北伐金人失败之后。张俊在朝为官，因为知无不言、言无不尽而被宋高宗提拔。不久后，禁军将领发动兵变，一度废黜了宋高宗，幸而张俊积极平叛，消灭了叛军，宋高宗才得以复位。此后，张俊又领导宋军大败入侵的金人，战功显赫。

宋孝宗即位后，起用张俊为右丞相兼大都督，统帅军队，轰轰烈烈的北伐由此拉开了序幕。不幸的是，在前线作战的两个大将不和，影响了战争的局势，北伐失败。由此，主和派在朝廷中得了势，一时间，向金人求和的声音越来越大。

当时，张孝祥任建康留守，他见敌人势力猖獗，而南宋朝廷不仅不积极御敌，反而可耻地委曲求全，于是在一次宴会上提笔写下这首《六州歌头》来倾泻心中的不忿。

赏析

这首词上片写宋朝和金国对峙的情景，以宋朝大片国土沦陷而告终；下片抒发词人壮志难酬的愤懑之情和对朝廷向敌人求和的不满。全词格局阔达，慷慨悲切，是南宋初期爱国词中的名篇。

蝶恋花·月皎惊乌栖不定

周邦彦

月皎惊乌栖不定。更漏将残，辘轳牵金井①。唤起两眸清炯炯②。泪花落枕红绵泠。

执手霜风吹鬓影③。去意徊徨④，别语愁难听⑤。楼上阑干横斗柄⑥。露寒人远鸡相应。

注释

① 辘轳：指辘轳车所发出的声音。象声词。

② 炯炯：光亮貌。

③ 霜风吹鬓影：夫妻相怜之意。

④ 徊徨：徘徊，彷徨。

⑤ 难听：不忍听。

⑥ 阑干：横斜的样子。斗柄：北斗七星的排列，近似古代酌酒用的斗，柄部三星，称"斗柄"。这里指整北斗星。

词意

月光皎洁明亮，乌鸦鸣叫不停。更漏快要滴完了，富贵人家响起了摇动辘轳取水的声音。这声音使女子的一双明眸泪水涟涟。她哭了一整夜，枕中的红绵都湿透了。

两人携手来到庭院，秋风吹拂着她的头发。离别时，双方依依不舍，告别的话充满哀愁，让人不忍听闻。登上小楼，看星光灿烂，斗柄横空。天色渐亮，报晓的鸡鸣与离人渐行渐远的身影相呼应。

品故事

周邦彦，字美成，号清真居士，北宋文学家、音乐家、官员，婉约派代表词人之一。他从小就性格散漫、不拘小节，唯独在读书上勤奋用功，后来在太学读书，因为写了一篇《汴都赋》支持新法，受到宋神宗的赏识，被提拔为太学正，大概相当于太学中的老师。

宋神宗去世后，宋哲宗继位。宋哲宗反对新法，所以把周邦彦贬到外地做官去了。此后，周邦彦一路沉浮坎坷，多次被召回京城，又多次被贬谪，最后病逝于南京。

赏析

这是一首送别词，上片写离别之前，下片写离别时和离别后，完整地展现了情人清晨离家的过程，无论是时间的推移、场景的变换，还是对人物的动作描写，都十分连贯。全词凄恻缠绵，充满了真情实感。

醉中真·不信芳春厌老人

贺铸

不信芳春厌老人。老人几度送余春。惜春行乐莫辞频。
巧笑艳歌皆我意^①，恼花颠酒拼君瞋^②。物情惟有醉中真^③。

注释

①艳歌：情歌。
②颠酒：颠饮，即不拘礼节之狂饮。瞋：怒目而视。
③物情：世情。

词意

我不相信春天会厌弃老人，老人还能送走几个残春？珍惜春天，及时行乐，不要因为次数太多而推辞。

美丽的笑容和动听的歌曲都合我的心意，不怕

你责备，我爱花爱酒已经到了痴狂的程度。物理人情只有在醉中才是最纯真的。

品故事

在北宋词人中，要说出身显赫，一定绕不开贺铸。他既是唐代著名诗人贺知章的后代，又是宋太祖赵匡胤贺皇后的族孙。贺铸不仅出身好，而且能作诗写文，尤其擅长填词，还娶了皇室女子为妻。按理说，他的仕途不说飞黄腾达，也至少是一片光明的。但事实是，他大部分时候担任的是一些无足轻重的官职，人微言轻。

说起来，贺铸不受重用，与他的性格有些关系。他自幼习武，一身的豪爽之气、侠客之风和狂士之态，总是直言不讳地谈论时事，讨厌巴结权贵。不过，贺铸一生郁郁不得志的根本原因，还是北宋朝廷的软弱和腐朽，它容不下贺铸这样拥有一腔热血的爱国志士。

因此，在官场沉浮了三十多年后，贺铸辞官归隐，寄情于山水诗酒之中。但是，他内心深处还是存着不平之气，这首《醉中真》就是在这种心境中写下的。

赏析

这首词看起来是在写词人年老心不老、及时行乐的豪情，实际上暗含着词人的愤懑之情。词人在现实中郁郁不得志，所以用"恼花颠酒"的状态来麻痹自己，字里行间流露出几分无奈和悲凉。

虞美人·寄公度①

舒亶

芙蓉落尽天涵水。日暮沧波起。背飞双燕贴云寒，独向小楼东畔倚阑看。

浮生只合尊前老②。雪满长安道③。故人早晚上高台，赠我江南春色一枝梅。

注释

① 公度：词人的朋友，生平不详。

② 合：应该。

③ 雪满长安道：喻仕途艰难。长安：汉唐故都，今陕西省西安市。这里借指北宋首都汴京。

词意

荷花凋零殆尽，远天涵着近水。黄昏时，秋风卷起波澜。我独自在小楼东畔倚着栏杆，看一双燕子各奔东西，向着天边的寒云飞去。

浮生如梦，真应该在酒杯中老去。光阴荏苒，京城的街道又落满了白雪。你常常登上高台想念我，寄给我一枝饱含江南春色的梅花。

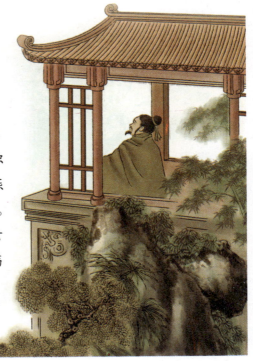

舒亶，字信道，号懒堂。他曾奉命出使西夏，划分北宋和西夏的疆界。这个任务十分危险，因为北宋和西夏是敌国，双方才刚刚结束了战争。但是，舒亶没有带护卫，而是单枪匹马进入西夏。面对边境上杀气腾腾的西夏守军，舒亶面不改色；来到谈判地点后，他镇定自若地宣读北宋皇帝的旨意，西夏将领把刀架在他的脖子上，他依然慷慨陈词。最后，西夏人被舒亶的勇敢彻底折服，接受了北宋划定疆界的意见。

　　这件事之后，舒亶受到朝廷重用，又因为支持王安石的新法，成为新党的重要成员。但是后来，皇帝对新党的态度发生转变，处于风口浪尖上的舒亶因此被逐出了京城。

　　十年后，朝廷重新起用舒亶，可舒亶回到京城后，发现昔日的好友都不在这里了，一切已经物是人非。一时间，凄凉、孤独、无奈等情绪涌上舒亶的心头，于是他写下这首《虞美人》寄给好友公度，传达和寄托自己的思友之情。

　　这是词人寄给友人的词作，上片写词人在黄昏时分登楼所见的景色，下片抒情，用"陆凯赠梅"的典故来表达对友人的思念之情。全词格调悲凉，感情真挚，语言动人。

丑奴儿·书博山道中壁①

辛弃疾

少年不识愁滋味，爱上层楼。爱上层楼，为赋新词强说愁②。
而今识尽愁滋味③，欲说还休④。欲说还休，却道天凉好个秋。

注释

① 博山：位于今江西省广丰区西南。
② 强：勉强地，硬要。
③ 识尽：尝够，深深懂得。
④ 欲说还休：想说却说不出来。

词意

年轻时不知道愁的滋味，喜欢登楼望远。
喜欢登楼望远，为了写出新词而勉强说愁。

如今尝尽了愁的滋味，想说而说不出
来。想说而说不出来，却说"好一个凉爽
的秋天！"

品故事

辛弃疾是一个文武双全的词人。有一年，湖北发生叛乱，朝廷派了一万多兵马都没能镇压。于是，宰相命辛弃疾前往平叛。辛弃疾到任后，放出消息说朝廷要招降叛军，叛军头领便前来投降，辛弃疾却把他杀了，然后很快剿灭了叛军。回京后，辛弃疾得到了升迁。

常言道"兵不厌诈"，辛弃疾的做法其实无可厚非，但皇帝的宠臣周必大显然不明白这个道理，他认为辛弃疾太阴险、可耻了，很讨厌辛弃疾，这就为辛弃疾的仕途埋下了祸根。

几个月后，叶衡被罢相，辛弃疾的靠山没有了。又过了几年，周必大成为宰相，开始频繁地在皇帝面前说辛弃疾的坏话，皇帝轻信了。朝中的一些大臣看见这种情况，就落井下石起来。不久后，辛弃疾遭到弹劾，被罢免了官职，由此开始了漫长的闲居生活。

说是闲居，但辛弃疾的心一点儿也不"闲"，他看着国家日益衰微，自己空有抱负却无处施展，十分忧愁，这首《丑奴儿》就是他在这段时间创作的。

赏析

这首词通过年轻时"为赋新词强说愁"和如今"欲说还休"的鲜明对比，表达了词人在政治上受到排挤，壮志难酬、报国无门的苦闷之情。全词以"愁"为线索，构思巧妙，感情直率，语言清婉，让人回味无穷。

江城子·题黄州杏花村馆驿壁

谢逸

杏花村馆酒旗风①，水溶溶②，飐残红③。野渡舟横，杨柳绿阴浓。望断江南山色远，人不见，草连空。

夕阳楼外晚烟笼④，粉香融，淡眉峰。记得年时⑤，相见画屏中⑥。只有关山今夜月，千里外，素光同。

注释

① 杏花村馆：即杏花村的驿馆。酒旗风：吹动酒旗的风。
② 溶溶：河水缓缓流动的样子。
③ 飐：飞扬，飘散。
④ 晚烟笼：指黄昏时烟气笼罩的景象。
⑤ 年时：这里指当年那时。
⑥ 画屏：这里指如画一般的景象。

词意

杏花村馆的酒旗迎风招展，河水缓缓流动，落花纷纷扬扬。小船停在村野的渡口，两岸绿柳成行，浓荫蔽日。

远望江南的山色，不见故人，只有碧草连天。

夕阳斜挂在楼外，黄昏时的烟气笼罩大地。粉香融融，山峰淡雅。记得当年那时，与你相见在如画的美景之中。只有今晚皎洁的月光照耀着眼前的关山，也照耀着千里之外的你。

品故事

谢逸，字无逸，号溪堂，北宋文学家，因为写过约三百首咏蝶诗，所以被人们称为"谢蝴蝶"。他幼年丧父，家里十分贫穷，但是他学习刻苦，因而文采不凡。

谢逸品格高洁，不屑于趋炎附势、巴结权贵，一生都满足于清贫的生活，以磨砺节操和德行为志向，以写文作诗为乐，不与世俗同流合污。在家乡居住时，谢逸每年都要举行"宽厚会"，就是把乡里的贤士请到一起，讨论古时候的人有哪些值得学习的美德，然后把这些故事抄录成册。

不过，谢逸也有柔情似水的一面，曾与一名女子相爱。有一年，正值暮春时节，谢逸借宿在黄州一个名叫"杏花村"的驿馆中。他闲来无事，来到驿馆外散步，看见江边清幽的景色，想起昔日的恋人，一时间，相思之情如同滔滔江水涌上心头，于是他回到驿馆，写下了这首《江城子》。

赏析

这首词上片写景，通过描写酒旗、落花、小舟、柳荫、远山和碧草，把如诗如画的江南美景刻画得入木三分；下片怀人，由眼前的美景想起昔日的恋人，然后回到相爱之人天各一方的无奈现实。全词自然天成，言有尽而意无穷，意蕴悠远，耐人寻味。

踏莎行·春暮

寇准

春色将阑①，莺声渐老，红英落尽青梅小②。画堂人静雨蒙蒙，屏山半掩余香袅③。

密约沉沉④，离情杳杳⑤，菱花尘满慵将照⑥。倚楼无语欲销魂，长空黯淡连芳草。

注释

①阑：残，尽，晚。

②红英：红花。

③屏山：指屏风。

④密约沉沉：这里指终身大事。

⑤杳杳：深远无边际。

⑥菱花：指菱花镜，泛指镜子。

词意

春色将尽的时候，鸟鸣渐消，落红满地，青梅稀疏。细雨迷蒙，佳人静静地独立在画阁外；屏风半掩着厅堂，沉香袅袅。

遥想当年我们悄悄私订终身，如今却分隔两地，杳无音讯；

没有照镜子的心情，使镜子落满了灰尘。默默地倚靠在栏杆上黯然神伤，天空灰蒙蒙的，连着绵绵不尽的芳草。

品故事

　　寇准，字平仲，北宋政治家、诗人，出身于书香门第。十九岁时，寇准考中了进士，这一年，宋太宗按照惯例，要亲自从这批进士中挑选有用之才。由于寇准年龄太小，很可能落选，就有人建议他谎报年龄，却被寇准拒绝了。后来的事实证明，是金子总会发光，宋太宗很欣赏寇准的才华，授予了寇准官职。

　　寇准为官敢于直言进谏。有一次，他大胆进言，惹怒了宋太宗。宋太宗不等他把话说完就要走，如果是胆小的人，恐怕已经吓得赶紧认错了，但寇准面无惧色，扯住了宋太宗的衣服，劝他听自己把话说完。后来，宋太宗气消了，非常高兴能有这样一个敢于直言的臣子。

　　又有一次，寇准被同僚诬陷，被贬为青州知府。但是仅过了一年，宋太宗就把寇准召回了朝廷，因为他发现朝廷已经离不开寇准了。而这首《踏莎行》，就是寇准在青州期间所作，表达了被贬的失落，以及对京师和太宗的想念之情。

赏析

　　这是一首闺怨词，上片重在写暮春之景，勾勒出寂寥清冷的画面；下片重在写女主人公伤春自怜的心境，将女主人公怀念爱人的孤独寂寥之情刻画得淋漓尽致，温婉动人。

点绛唇·绍兴乙卯登绝顶小亭①

叶梦得

缥缈危亭②，笑谈独在千峰上。与谁同赏，万里横烟浪③。
老去情怀，犹作天涯想④。空惆怅。少年豪放，莫学衰翁样⑤。

注释

①绝顶亭：位于今浙江吴兴西北的弁山之顶，因为位置很高，所以得名"绝顶"。

②危亭：指绝顶亭。

③烟浪：云海。

④天涯想：指收复中原的梦想。

⑤衰翁：衰老之人，这里指词人自己。

词意

绝顶亭若隐若现，独自在千峰之顶谈笑风生。万里云海如波浪般奔涌，我能与谁共赏？

人老了，情怀还在，仍然想着要收复中原。空自惆怅。少年应豪情万丈，不要学我这个老头子的模样。

品故事

叶梦得，字少蕴，宋代词人，出身文人世家。关于他的名字的来历，还有一个有趣的故事。相传，他的母亲怀孕时，曾梦见一条龙盘在自家的房梁上，不久后就生下了他，因此给他取名"梦得"。后来，叶梦得学业有成，考中进士，从此踏上了仕途。

叶梦得担任地方官时，断过一起命案。案情很简单：一个人在晚上错把儿子认成强盗，打死了儿子。按照当时的法律，这个人不属于故意杀人，因此被无罪释放了。但是，叶梦得认为人命关天，大意不得，于是决定亲自过问。他察看了死者的遗体，发现死者在生前打斗了很长时间——难道这个人和儿子打了这么久，都没能发现儿子的身份吗？这太不合常理了。

后来经过审问，真相终于大白：原来，这个人在妻子死后又新娶了一个妻子，后妻很不喜欢前妻留下的儿子，这个人为了讨后妻欢心，就把儿子打死了。最后，这个人被判了死刑，百姓人人拍手称快。

赏析

词人虽然年迈，但依然心系国事，并劝勉年轻人要热情豪放。整首词虽然语言平淡，但是内容深刻，从中可以看到词人隐居后的矛盾心理——既有超然豁达的一面，又放不下国家的前途和命运，十分孤独、苦闷。

鹧鸪天·西都作①

朱敦儒

我是清都山水郎②，天教分付与疏狂。曾批给雨支风券③，累上留云借月章④。

诗万首，酒千觞⑤。几曾着眼看侯王？玉楼金阙慵归去⑥，且插梅花醉洛阳。

注释

① 西都：今洛阳。

② 清都山水郎：天上掌管山水的官员。清都，指仙境。

③ 支风券：支配风雨的手令。

④ 章：写给天帝的奏章。

⑤ 觞：酒器。

⑥ 玉楼金阙慵归去：不愿去那琼楼玉宇之中，暗喻词人不愿到朝廷做官。

词意

我是天上掌管山水的郎官，天帝教我这样狂放不羁。批过支配风雨的手令，也多次呈上过留住彩云、借走月亮的奏章。

我吟诗万首，饮酒千杯，什么时候把王侯将相放在眼里？只是我懒得去那琼楼玉宇之中做官，只想插一枝梅花，醉倒在花都洛阳。

品故事

朱敦儒，字希真，号岩壑，又称伊水老人、洛川先生。他家境优渥，聪颖好学，有"神童"之称，曾被人举荐做官，但是被他拒绝了。因为和其他读书人不同，比起做官，他更喜欢做一个逍遥快活的"五陵少年"。

所谓"五陵少年"，简单来说就是当时居住在五陵一带的富家子弟，整日过着游山玩水、看花遛鸟的生活。但是，在这群不务正业的五陵少年中，朱敦儒是特别的，因为他文采不凡，尤其擅长填词。

当时，在洛阳城里活跃着八位文人，被称为"洛中八俊"，有擅长作诗的"诗俊"陈与义，有擅长写文章的"文俊"富直柔，而朱敦儒因为工于填词，成为其中的"词俊"。这首《鹧鸪天》就是他早年在洛阳时所写的。

赏析

词人以"清都山水郎"自居，上片通过丰富的想象，讲述了词人在洛阳纵情山水、豪放不羁的生活；下片写词人藐视权贵，不愿与世俗同流合污，只愿纵诗饮酒，与山水为伴的旷达情怀。全词语言自然，意蕴清远，彰显了词人的潇洒狂放之态。

长相思·吴山青

林逋

吴山青^①，越山青^②，两岸青山相送迎，谁知离别情？
君泪盈，妾泪盈，罗带同心结未成^③，江边潮已平^④。

注释

①吴山：泛指钱塘江北岸的群山，古属吴国。

②越山：泛指钱塘江南岸的群山，古属越国。

③同心结：象征定情。

④潮已平：指江水涨到与江岸齐平，这里暗示两个人因不能相守而心灰意冷。

词意

吴山青葱，越山苍翠，在钱塘江的两岸隔江呼应，谁能懂得离人的愁绪？

你泪眼婆娑，我泣下如雨，明明相爱却不能相守，钱塘江水已经涨到与江岸齐平。

品故事

　　林逋，字君复，北宋著名的隐逸诗人。他幼年刻苦好学，饱览群书，但生性孤高，不喜欢追名逐利。年轻时，他在江淮之间漫游，后在杭州西湖之畔的孤山结庐隐居，经常泛舟西湖，游览寺庙，结交了许多高僧、文人。

　　林逋隐居期间，经常养着两只仙鹤，有时候家中来了客人，而他恰好外出了，他的童子就会放飞仙鹤，林逋看见在空中盘旋的仙鹤，就会立刻驾舟归家。此外，林逋还特别喜欢梅花，据说他只要遇到好的梅花品种，都会想方设法买回来。

　　林逋不仅一生没有踏入仕途，而且终生未娶，说自己是"以梅为妻，以鹤为子"，这就是成语"梅妻鹤子"的由来。

赏析

　　这首词写的是一名女子与恋人诀别的情景，上片点明送别的主题，下片写离别之苦。词人采用反复咏叹的形式，赋予了作品一种回环往复、一唱三叹的艺术美感，语言清丽，意蕴深沉，读来回味无穷。

定风波·南海归赠王定国侍人寓娘①

苏轼

常羡人间琢玉郎②，天应乞与点酥娘③。尽道清歌传皓齿，风起，雪飞炎海变清凉④。

万里归来颜愈少。微笑，笑时犹带岭梅香⑤。试问岭南应不好，却道：此心安处是吾乡。

注释

① 王定国：王巩，字定国，词人的朋友。寓娘：王巩的歌妓。
② 玉郎：女子对丈夫或情人的爱称，泛指青年男子，这里指王巩。
③ 点酥娘：指肤如凝脂的美女，这里指寓娘。
④ 炎海：指天气酷热。
⑤ 岭：指大庾岭，沟通岭南、岭北要道。

词意

常常羡慕世间丰神俊朗的男子，就连上天也眷顾他，赐给他美丽温婉的佳人。人人都说她的歌声清亮悦耳，让人感到如同风吹白雪，炎热的天气也变得凉爽了。

她从万里之外归来，看起来更加年轻了。微微

一笑，好像带着岭南梅花的幽香。试问她："岭南的风土应该不是很好吧？"她却回答："心安定的地方就是我的故乡。"

品故事

　　王巩，北宋诗人、画家，苏轼的好友。这首词中的女主人公是王巩的一个歌妓，名叫柔奴，又称寓娘，容貌秀丽，善于应对。

　　那一年，苏轼因"乌台诗案"身陷牢狱，后遭到贬谪。而王巩平时与苏轼来往密切，也受到了牵连，被贬谪到宾州。在当时，宾州是一个生活条件极其艰苦的荒僻之地，但寓娘还是毅然决然地要和王巩一同前往。

　　几年后，王巩终于从宾州回来了，与苏轼重聚，设宴饮酒。席间，苏轼怀着内疚之情问寓娘："宾州的风土人情怎么样，是不是很不好？"他本以为寓娘会借机倾诉宾州生活的种种艰辛与不易，没想到寓娘只是回答说："此心安处，便是吾乡。"苏轼听了之后，非常感动，于是写下了这首《定风波》。

赏析

　　这首词上片写柔奴的外在美，突出了她的才貌双全；下片写柔奴美好的情操和高洁的品格，"万里归来颜愈少"暗示她对岭南的艰苦生活甘之如饴。全词风格细腻柔婉，又柔中带刚，寄托着词人自己的人生态度和处世哲学。

浪淘沙令·伊吕两衰翁

王安石

伊吕两衰翁①，历遍穷通②。一为钓叟一耕佣③。若使当时身不遇，老了英雄④。

汤武偶相逢⑤，风虎云龙⑥。兴王只在笑谈中。直至如今千载后，谁与争功！

注释

①伊吕：指伊尹和吕尚。

②穷通：指逆境和顺境。

③钓叟：钓鱼的老翁，指吕尚。耕佣：指曾为人耕田的伊尹。

④老了英雄：英雄白白老死。指伊尹和吕尚如果遇不到明主，就会终老山野，无所作为。

⑤汤武：汤，商汤王，商朝的创建者；武，周武王姬发，周朝的建立者。

⑥风虎云龙：猛虎咆哮，总是伴着狂风；飞龙腾空，总有祥云相随。指事物之间的相互感应。

词意

伊尹和吕尚两位老人，逆境和顺境都经历过了。他们一位是钓鱼的老翁，另一位是替人耕田的佣工。如果当初没有遇到英明的君主，他们最终也只能终老山野，无所作为。

他们与商汤王、周武王偶然相遇，如同云从龙、风从虎，谈笑之间就能兴邦建国。直到几千年以后的今天，依旧没人能与他们一争高下！

品故事

这首词中提到的伊尹和吕尚，是商周时期著名的政治家、开国元勋。

相传，伊尹的父母都是奴隶，但他自幼聪颖过人，勤学上进，从父亲那里学会了烹饪，并从中悟出了治国的道理。长大后，伊尹成了耕田种地的农夫，但非常喜欢谈论上古时期尧帝和舜帝的治国之道。后来，商汤发现了伊尹的才华，任命他为右相。伊尹不仅辅佐商汤打败夏桀、建立商朝，还为商朝的发展和兴盛立下了汗马功劳。

吕尚就是姜子牙，他自幼刻苦学习天文地理、军事谋略和治国安邦之道，希望能为国效力，但一直没有机会，直到七十岁时还闲居在家。后来，他终于有机会见到西伯侯姬昌，姬昌看出他才学不凡，于是尊他为太师。此后，在吕尚的辅佐下，姬昌的儿子姬发灭商建周，吕尚被封为"齐侯"。

赏析

这是一首咏史词，通过伊尹和吕尚遇到明主、建功立业的历史，抒发词人得到宋神宗的重用，在政治舞台上大展宏图、春风得意的豪迈情怀。全篇气势高昂，读来令人振奋。

鹧鸪天·彩袖殷勤捧玉钟

晏几道

彩袖殷勤捧玉钟①。当年拼却醉颜红②。舞低杨柳楼心月，歌尽桃花扇底风。

从别后，忆相逢。几回魂梦与君同。今宵剩把银钹钉照，犹恐相逢是梦中。

注释

① 彩袖：代指歌女。玉钟：玉制的酒杯。
② 拼却：情愿，不顾。

词意

你彩袖飘飘，捧着酒杯殷勤劝酒。想当年，我为了红颜不惜一醉。你舞姿曼妙，一直舞到挂在柳梢、照耀着楼心的明月沉了下去；你的歌声清丽婉转，一直唱到桃花扇底风儿停歇。

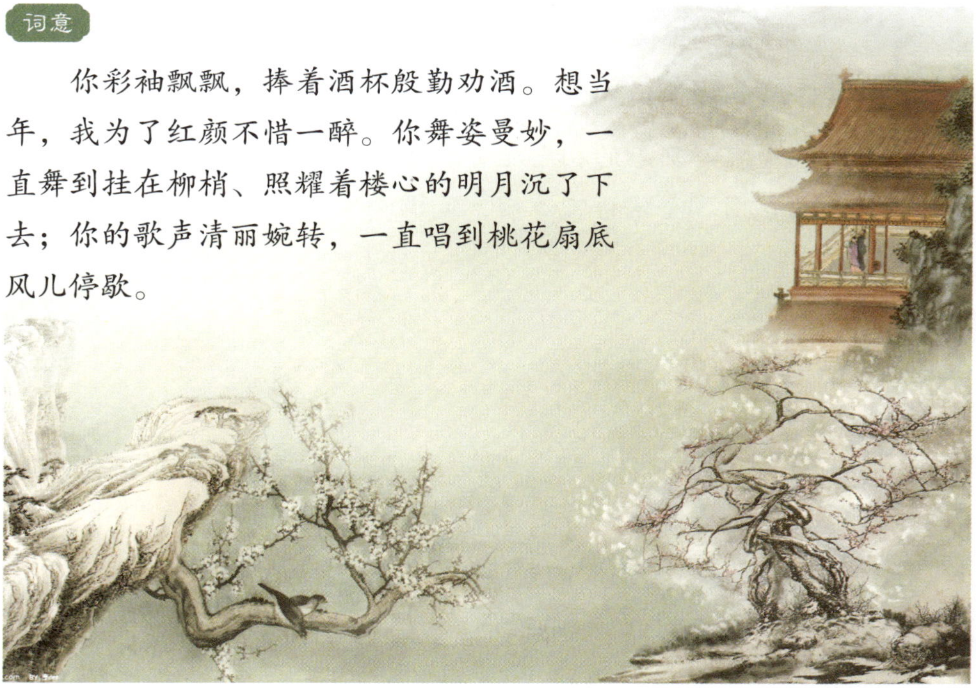

自从离别后，我总是怀念与你相逢的时光。多少次在梦里与你欢聚。今晚我只管举起银灯把你细看，唯恐这次相逢又是在梦中。

品故事

晏几道是著名词人晏殊的儿子，因为父亲身居高位，所以他自小就过着锦衣玉食的生活。而且，由于他是家中最小的孩子，所以备受长辈宠溺，形成了我行我素的性格。虽然他很有才华，十四岁就考中了进士，却无心仕途，而是每天过着纵横诗酒、斗鸡走马的生活。

然而，这样的生活没有维持多久。几年后，晏殊去世，晏家开始走向衰落。此时的晏几道仍然没有进取之心，还是和过去一样挥霍着财富和光阴。就这样，晏家渐渐坐吃山空，晏几道的生活也越来越窘迫。

不过，晏几道身上并非没有闪光点，他继承了父亲晏殊的文学天赋，据说五岁就能作诗，七岁就能写文章。家道中落后，他时常回忆起当年风光无限的日子，写了不少怀念往昔的优秀词作，这首《鹧鸪天》就是其中之一。

赏析

这首词上片重在写回忆中与佳人共同度过的美好时光，充满了浓情蜜意；下片重在写别后的相思之苦和久别重逢后的惊喜之情，营造出如梦似幻的氛围。全词语言清丽，笔调深婉，音韵谐美，是脍炙人口的名篇。

西江月·堂上谋臣尊俎

刘过

堂上谋臣尊俎①，边头将士干戈。天时地利与人和，"燕可伐
欤②？"曰："可。"

今日楼台鼎鼐③，明年带砺山河。大家齐唱《大风歌》④，不日
四方来贺。

注释

①尊俎：酒器，代指宴席。

②燕可伐欤：可以讨伐燕国了吗？

③楼台：指相府。

④《大风歌》：汉朝开国皇帝刘邦创作的一首诗歌。

词意

大堂上，谋臣们开设筵席；边疆，将士们手持

武器。气候、地形和人心这三个条件都具备了，"可以讨伐燕国了吗？"回答说："可以。"

今天在楼台上谋划国事，明年就可以建立不世之功。大家齐声高唱《大风歌》，用不了多久，四方都来庆贺。

品故事

南宋朝廷一向苟且偷安，但是在韩侂胄把持朝政期间，曾有过一段积极抗金的岁月。当然，韩侂胄抗金并不是为了保家卫国，而是希望以此立功，讨皇帝的欢心，以巩固自己在朝中的地位。

当时，南宋朝廷国库空虚、军备松弛、人心涣散，根本不具备和金人作战的条件，但是韩侂胄立功心切，哪里管得了这么多？而且，南宋朝廷对金人忍气吞声已经很久了，朝中的主战派和爱国的将士、百姓心里都憋了一股气。所以，韩侂胄一提出北上抗金的主张，就得到了很多人的热烈响应。一时间，北上抗金的呼声水涨船高。

刘过是韩侂胄的门客，少年时就怀有驱逐金人、恢复中原的远大志向。韩侂胄生日这天，他在家中大摆宴席，邀请了很多志同道合的朋友与同僚，刘过也在其中。席间，大家兴致勃勃地谈起了北伐抗金的事情，刘过的心情也十分激动，于是，他把满腔的爱国热情倾泻在笔墨之间，挥毫写下了这首慷慨激昂、振奋人心的《西江月》。

但现实是残酷的，韩侂胄北上抗金的战争最后以失败告终，而南宋因为这场轻敌冒进的战争，实力被进一步削弱了。

赏析

词的上片分析抗金的形势，并通过问答的方式来表达词人对抗金的信心；下片写韩侂胄谋划国事，瞻望了抗金的大好前景。这首词运用了很多口语化的句子，朗朗上口，气势磅礴，振奋人心。

西江月·照野弥弥浅浪

苏轼

照野弥弥浅浪①，横空隐隐层霄②。障泥未解玉骢骄③，我欲醉眠芳草。

可惜一溪风月④，莫教踏碎琼瑶⑤。解鞍欹枕绿杨桥，杜宇一声春晓。

注释

① 弥弥：水波翻动的样子。

② 层霄：弥漫的云气。

③ 障泥：垂在马的两旁，用来挡泥土的马具。玉骢：良马。

④ 可惜：可爱。

⑤ 琼瑶：美玉。这里形容月亮在水中的倒影。

词意

月光下，水波清浅；天空中，云气弥漫。我从骏马上下来，还来不及卸下马鞯，就想醉眠在这芳草地之中。

这小溪边的风月景色如此可爱，千万不能让马儿踏碎了水中的月亮。我解下马鞍当枕头，斜卧在绿杨桥上睡着了，等被杜鹃鸟的啼声叫醒时，天已经亮了。

品故事

苏轼因为"乌台诗案"被贬到黄州，这不仅让他看清了官场的黑暗与险恶，也意味着他"为国建功，然后功成身退"的理想破灭了。但是，苏轼生性豁达、乐观，他并没有被这次变故击倒，而是在黄州过起了安贫乐道的生活。

黄州附近有一条小溪，名叫蕲水。一个春天的夜晚，苏轼在蕲水上泛舟，路过一个酒家时，闻到从店里飘来的酒香，禁不住垂涎欲滴，于是下船喝酒。喝醉后，苏轼沐浴着清朗的月光，骑马来到桥边的一处草地上。此时的他已经很困了，于是索性下马解鞍，用马鞍当枕头，在草地上休息。

不知不觉，苏轼睡着了，睡得很香、很沉，时间就在他的睡梦中悄悄地流逝着。渐渐地，月亮隐去了，黎明姗姗而来，用柔和的晨光把苏轼唤醒。苏轼睁开眼，看见的是高耸的群山，听见的是铿锵的流水声。睡意蒙眬之间，苏轼词性大发，在桥柱上写下了这首《西江月》。

赏析

这是一首寄情山水的词，上片写景，通过"障泥未解玉骢骄，我欲醉眠芳草"来突出景色之美；下片进一步抒发词人对大自然的喜爱之情，最后以"杜宇一声春晓"结尾，有空谷传声、余音不绝之感。全词展现出词人超然物外、物我两忘的豁达境界，读来回味无穷。

临江仙·夜登小阁忆洛中旧游

陈与义

忆昔午桥桥上饮①，坐中多是豪英。长沟流月去无声。杏花疏影里，吹笛到天明。

二十余年如一梦，此身虽在堪惊。闲登小阁看新晴。古今多少事，渔唱起三更②。

注释

①午桥：位于今河南洛阳。唐代宰相裴度曾建别院于此。

②渔唱：渔人的歌声。三更：古时夜间分五更，三更正是深夜。

词意

回忆当年在午桥之上畅饮，满座都是英豪。月光映着流水，时间悄悄地逝去。在杏花稀疏的影子中，吹奏笛曲直到天明。

二十多年的经历如同一场梦，我虽身在，但想

起来依旧胆战心惊。闲暇时，登上小楼看雨后初晴的景色。古往今来多少兴衰往事，都成了渔夫们夜半唱起的歌谣。

品故事

陈与义，字去非，号简斋，北宋末、南宋初年诗人，"洛中八俊"中的"诗俊"，也写过一些优秀的词作。

北宋时期，陈与义做过地方学府教授和太学博士。那个时候，大宋的天下还没有被金人蹂躏，而陈与义正值青春年华，又天资卓伟，正期待着在仕途上大显身手，一切看起来都是那样美好。

可是，短短二十多年间，天下风云巨变——金人入侵，攻入北宋都城汴京，北宋灭亡，这就是靖康之变。紧接着，宋高宗逃到南方，建立南宋政权，陈与义迫于形势，离开家乡洛阳，追随皇帝来到南方，一路上尝尽了颠沛流离之苦。

南宋朝廷建立后，表面看起来平静无事，实际上已经是内忧外患、风雨飘摇。面对这种情况，回想起二十多年前繁华热闹的洛阳城，以及那时意气风发的自己，陈与义的内心饱受煎熬。于是，他在百感交集之中创作了这首《临江仙》。

赏析

这首词上片写回忆，下片写现实，通过过去和现在的鲜明对比，将国破家亡和个人命运的沉浮联系在一起，抒发了词人寂寞悲凉的心境，韵味绵长，感人至深。

小重山·昨夜寒蛩不住鸣

岳飞

昨夜寒蛩不住鸣①，惊回千里梦②，已三更。起来独自绕阶行。人悄悄，帘外月胧明③。

白首为功名④。旧山松竹老⑤，阻归程。欲将心事付瑶琴⑥，知音少，弦断有谁听？

注释

① 寒蛩：秋天的蟋蟀。

② 千里梦：指远赴千里杀敌报国的梦。

③ 月胧明：月光朦胧。

④ 功名：这里指驱逐入侵的金人，收复失地，建功立业。

⑤ 旧山：家乡的山。

⑥ 瑶琴：用美玉装饰的琴。

词意

昨夜蟋蟀不住地鸣叫，把我从杀敌报国的睡梦中惊醒，已是三更时分。起来独自绕着台阶漫步，四周寂静无人，帘外月光朦胧。

我想驱逐金人、收复失地，为此白了头发。家乡的山上，松竹已经变老，无奈议和的声音阻断了我的归程。想把心事付与瑶琴，可知音难觅，纵然把琴弦弹断，又有谁听？

品故事

岳飞从小就立下了报效祖国的志向，不仅有一身好武艺，还熟读《春秋》和《孙子兵法》，可谓是文武双全。他一生参加、指挥过很多战斗，积累了丰富的作战经验。在战斗过程中，他收编了很多民间军队，组建起一支人数超过十万的军队，这就是大名鼎鼎的岳家军。

在岳飞的领导下，岳家军军纪严明，有"冻死不拆屋，饿死不掳掠"的说法，即宁可冻死也不拆百姓的屋子烧火取暖，宁可饿死也不抢百姓的粮食充饥。这支军队的战斗力也十分强悍，他们多次大败金军，收复了大量被金人夺去的大宋疆土。金人中流传着这样一句话："撼山易，撼岳家军难！"

可以想象，为了组建和管理这样一支庞大的军队，岳飞付出了多少心血，这一切都是为了实现他"精忠报国"的人生理想。可是，南宋朝廷软弱无能、苟且偷安，一心想向金人求和，岳飞纵然可以在战场上所向披靡，但无力改变朝廷的决定。于是，他怀着无比苦闷的心情写下这首《小重山》，发出"弦断有谁听"的悲叹。

赏析

这首词上片重在写景，下片重在抒情。词人被蟋蟀的叫声惊醒，在夜深人静、月色朦胧的环境中，想到自己一心抗金，但是阻碍重重，又缺少志同道合的人，不禁感慨万千。全词情景交融，委婉含蓄，表达了词人壮志难酬的悲苦之情。

卜算子·不是爱风尘

严蕊

不是爱风尘[①]，似被前缘误[②]。花落花开自有时，总赖东君主[③]。
去也终须去，住也如何住！若得山花插满头，莫问奴归处。

注释

① 风尘：指娼妓生涯。
② 前缘：前世的姻缘。
③ 东君：司春之神，这里指主管妓女的地方官吏。

词意

　　并不是我喜欢风尘生活，流落风尘是因为被前缘所误。花开花落都自有一定的时节，这一切只能由司春之神东君来做主。

　　终究有一天会离开这里，留下来又将怎

么生活下去呢！如果有一天能够将山花插满头，就不要问我归向何处了。

品故事

　　严蕊，原本姓周，字幼芳，南宋女词人。她出身低微，虽然从小学习诗书礼乐，但仍旧沦落风尘，"严蕊"是她的艺名。沦落风尘后，严蕊因为精通琴棋书画，而且有博古通今之才，所以一时间远近闻名，不少人都慕名前来拜访。

　　后来，台州知府唐仲友为严蕊落籍，严蕊得以从良。可是，她还来不及高兴，就被卷入了一场官司。原来，理学家朱熹巡行到台州，而唐仲友反对朱熹理学，所以朱熹不太喜欢唐仲友，就连续上了多份奏疏，弹劾唐仲友和严蕊犯了风化之罪，严蕊因此被捕入狱。

　　在狱中，官差们对严蕊严刑拷打，想从她口中得到唐仲友犯罪的证词，但严蕊为人正直，宁死不屈，说道："我怎么可以说谎污蔑士大夫呢？就算是死，我也不会这样做！"

　　这件案子审了很长时间，惹得朝野上下议论纷纷，最后传到了宋孝宗的耳朵里。宋孝宗猜到了内情，就下令把朱熹调到别处，并释放了严蕊。宋孝宗问严蕊："你出狱后打算去哪里呢？"严蕊就作了这首《卜算子》表明心迹。后来，人们将严蕊的故事改编成戏剧《莫问奴归处》，经久不衰。

赏析

　　这是一首写给断案官吏，请求释放的词，上片表达了词人沦落风尘的无可奈何之情，下片写词人虽然掌握不了自己的命运，但依旧希望能像普通妇女那样，过着"山花插满头"的自由生活。全词的语气不卑不亢，感情真挚恳切，充分体现了词人的文采和个性。

水调歌头·和庞佑父 ①

张孝祥

雪洗虏尘静 ②，风约楚云留。何人为写悲壮，吹角古城楼 ③。湖海平生豪气，关塞如今风景，剪烛看吴钩。剩喜燃犀处，骇浪与天浮。

忆当年，周与谢，富春秋，小乔初嫁，香囊未解，勋业故优游。赤壁矶头落照，肥水桥边衰草，渺渺唤人愁。我欲乘风去，击楫誓中流。

注释

①庞佑父：名谦孺，生平事迹不详。

②雪洗：洗刷。

③吹角：奏军乐，这里象征胜利的凯歌。

词意

这次终于洗刷了金人入侵的耻辱，可惜我被风云阻隔在这里。谁为将士们谱写悲壮的颂歌，古城楼上响起了凯旋的号角声。我平生的豪情犹如江河湖海，边关告急时，常常夜不能寐，挑灯看剑。好

在我报效国家的心愿在你身上实现了，采石矶的惊涛骇浪高浮天际。

想当年，周瑜和谢玄正是年富力强的年纪。小乔刚刚嫁给周瑜，谢玄还没有解下少年佩带的香囊，但他们都从容地建立了不朽的功勋。赤壁矶头的落日，淝水桥畔的衰草，让人生出无穷的愁绪。我愿乘风而去，挥桨击水，劈开万里波涛，誓要收复中原的大好河山。

品故事

南宋军队曾经在采石矶展开了一场激烈的反侵略战争，并打败了入侵的金人，这就是采石之战。

当时，金主完颜亮十分眼馋江南地区的荣华富贵，于是征调大军入侵南宋。金军在完颜亮的率领下长驱直入，来到了长江北岸，准备从采石矶渡过长江，一举攻灭南宋。而此时，驻守采石矶的宋军因为失去了主帅而军心涣散，这场战争还没有开始，就似乎注定了结局。

但是，一个人的到来扭转了乾坤，这个人就是虞允文。当时，他代表南宋朝廷来采石矶慰问军队，看见采石矶形势危急，于是当机立断宣布了朝廷的抗金命令，并召集将领、犒赏士兵，还动员当地的民兵和百姓尽一切所能支援宋军。在虞允文的努力下，采石矶的军心和民心大振，所有人都团结了起来，凝聚成了一股空前强大的抗金力量。

很快，金军的进攻开始了。完颜亮一路打来并没有遇到过像样的抵抗，所以十分轻视宋军。哪知这里的宋军一反常态，斗志昂扬，用霹雳炮进行猛烈的反击。一时间，江面上烟雾弥漫，金军不仅死伤惨重，而且难辨方向，很快就乱了阵脚。最终，宋军取得了这场反侵略战争的胜利，南宋得以转危为安。

这场胜利很快传遍了全国，也传到了张孝祥的耳朵里，他按捺不住狂喜的心情，写下了这首《水调歌头》。

赏析

这首词上片重在写景，是围绕着采石矶战争的胜利展开的；下片重在抒情，通过历史和现实的对比，充分展现了词人的壮志豪情，赋予了词作慷慨悲壮的感情基调。

扬州慢·淮左名都

姜夔

淮左名都，竹西佳处，解鞍少驻初程。过春风十里，尽荠麦青青。自胡马窥江去后[1]，废池乔木，犹厌言兵。渐黄昏、清角吹寒，都在空城。

杜郎俊赏[2]，算而今、重到须惊。纵豆蔻词工，青楼梦好，难赋深情。二十四桥仍在[3]，波心荡、冷月无声。念桥边红药，年年知为谁生。

① 胡马窥江：宋高宗建炎三年（1129），金人初犯扬州，绍兴三十一年（1161）再次侵犯扬州。

② 杜郎：指杜牧。

③ 二十四桥：唐时扬州有二十四座桥。这里泛指当时扬州的桥。

词意

扬州是淮河东边著名的都城，那美丽的竹西亭，就是我初到扬州时下马停留的地方。过去的扬州春风十里，一派繁荣，如今却长满了青青荠麦，一片萧条。自从金兵侵略长江一

带、洗劫扬州之后，池台废弃，古木残存，谁都不愿再提起那场战争。黄昏渐近，令人生寒的凄清的号角声，在这残破的都城上空回荡。

杜牧俊逸清赏，料想他如果重游扬州，一定会无比震惊。纵然是豆蔻词工，青楼梦好，也难以抒发深沉悲愤的感情。二十四桥今犹在，桥下江水荡漾，月光清寒，寂静无声。想那桥边的红芍药花每年都如期绽放，但它们知道自己是为谁而开吗？

品故事

姜夔，字尧章，号白石道人，南宋文学家、音乐家。他的这首《扬州慢》还要从宋金之间的战争说起。

宋高宗时期，金朝皇帝完颜亮大举南侵。完颜亮是一个文韬武略、心机深沉的人，他篡位称帝后，荒淫无度、残暴不仁，很不得人心。

后来，完颜亮亲自领军，入侵南宋。战争初期，金军占据着优势，但是突然传来消息，称完颜亮的从弟完颜雍反叛称帝。一时间，在南宋作战的金军有不少都逃回金国，拥立完颜雍。完颜亮进退维谷，但他最终决定打了胜仗再回国平叛，结果由于军心不稳而大败。可是，骄傲的完颜亮依旧不肯退兵，最终被叛将杀害。

金人虽然撤退了，但是他们给宋朝的土地和百姓留下的创伤是难以平复的。姜夔二十多岁时，一年冬天途经曾遭战火洗劫的扬州，只见城里一片萧条冷清，他联想到从前扬州的繁华，悲从中来，于是写下了这首著名的《扬州慢》。

赏析

这首词是姜夔的代表作，上片先写扬州城昔日的繁华景象，后写这座城市被金人洗劫后的破败与荒凉，形成鲜明对比；下片抒发词人哀时伤乱、怀昔感今的情怀。全词语言洗练，声调低婉，既是对侵略者和侵略战争的控诉，又饱含着对国家蒙难的哀惋之情。

点绛唇·丁未冬过吴松作①

姜夔

燕雁无心②，太湖西畔随云去③。数峰清苦，商略黄昏雨④。
第四桥边⑤，拟共天随住⑥。今何许。凭阑怀古，残柳参差舞。

注释

①吴松：今江苏省苏州市吴江区。

②燕雁：指北方幽燕一带的鸿雁。

③太湖：江苏南境的大湖泊。

④商略：商量，酝酿，准备。

⑤第四桥：吴江城外的甘泉桥。

⑥天随：晚唐文学家陆龟蒙，字鲁望，自号天随子、江湖散人、甫里先生。

词意

北方的鸿雁无忧无虑，在太湖西畔随着白云一同飞去。远处的几座山峰看起来清冷愁苦，似乎准备在黄昏时落下一场大雨。

我真想和天随子一起，在甘泉桥边隐居。可如今，哪里还有像他那样的人呢？我独自倚靠着栏杆缅怀历史，残败的柳枝在风中参差乱舞。

品故事

姜夔非常崇拜陆龟蒙，这首《点绛唇》正是他途经陆龟蒙的隐居地时所写的。

陆龟蒙出身名门，曾在湖州、苏州担任幕僚，但没过几年就辞职回乡，过起了隐居生活。隐居期间，陆龟蒙自己耕田种地，十分辛苦，但他并不抱怨，而是说："尧舜因辛劳而又黑又瘦……他们都是圣人，我只是一个普通人，敢不勤劳吗？"

有一次，一个官员把陆龟蒙养的鸭子打死了，陆龟蒙想杀杀他的威风，就说这只鸭子会说话，是准备进贡给皇帝的。这个官员害怕了，赶紧拿出金子赔偿，又问陆龟蒙这只鸭子会说什么话。陆龟蒙说："它经常叫自己的名字，鸭鸭鸭。"说完哈哈一笑，把金子还给了他。

陆龟蒙还是一个文采斐然、笔耕不倦的雅士，主要作品有《松陵集》《笠泽丛书》等。闲暇时，他经常带着书卷、钓具、茶灶等泛舟太湖，欣赏水天一色的自然美景。

陆龟蒙身上有许多闪光点，这或许正是姜夔把他视为偶像的原因吧！

赏析

词的上片写词人俯仰天地，"燕雁"传达出一种自在潇洒的心境，"数峰清苦"则暗示词人心怀愁绪；下片写词人俯仰古今，直接表达了渴望隐居的想法，字里行间充满了沧桑之感。全词委婉含蓄，意境阔达，引人遐想。

卜算子·黄州定慧院寓居作①

苏轼

缺月挂疏桐，漏断人初静②。谁见幽人独往来③，缥缈孤鸿影。
惊起却回头，有恨无人省④。拣尽寒枝不肯栖，寂寞沙洲冷。

注释

① 黄州：今湖北省黄冈市。

② 漏断：漏壶之水滴尽，表示夜已深。

③ 幽人：隐居之人。

④ 省：知道，理解。

词意

残月悬挂在稀疏的梧桐枝头，漏壶中的水滴完了，已是夜深人静的时候。有谁看见那幽居的人独来独往，仿佛孤单的鸿雁那缥缈的身影。

突然惊起，回过头来看，虽然心中有遗憾，却无人理解。挑遍了寒枝也不肯栖息，情愿忍受沙洲的孤寂与凄冷。

品故事

　　苏轼被贬到黄州时，正是初春季节，最初他没有地方可去，只得先寄居在定慧院。

　　定慧院东边有一座小山，山上有一株海棠树，长得枝繁叶茂。苏轼非常喜欢这棵海棠，因此每到海棠花开的时节，他都会邀请朋友来这里饮酒赏花。

　　有一年，苏轼又和朋友前来玩赏，尽兴后来到一户姓尚的人家休息。这户人家干净整洁，还有竹林和花圃，十分清幽淡雅，醉意朦胧的苏轼躺在小板阁上，很快就沉入了梦乡。等他睡醒时，听见有人在屋里弹琴，琴声呜咽如同悲鸣的风。苏轼静静地侧耳倾听，发出"意非人间也"的感叹。

　　寄居在定慧院的几年里，苏轼的生活虽然清贫，但安宁闲适，趣味无穷。他在这里写下了不少著名的诗文，其中就包括这首《卜算子》。

赏析

　　词的上片写深夜的景色，营造出万籁俱寂的氛围；下片写词人孤寂的心境和不愿意随波逐流的人生态度。其中，"拣尽寒枝不肯栖，寂寞沙洲冷"是千古名句。

踏莎行·碧海无波

晏殊

碧海无波①，瑶台有路②。思量便合双飞去。当时轻别意中人，山长水远知何处。

绮席凝尘③，香闺掩雾。红笺小字凭谁附④。高楼目尽欲黄昏，梧桐叶上萧萧雨⑤。

注释

① 碧海：月明星稀的夜空。

② 瑶台：传说中神仙居住的地方。

③ 绮席：华丽的席具。

④ 附：带去，捎去。

⑤ 萧萧：雨声。

碧海风平浪静，瑶台有路可以通行。仔细想来，当初就应该双双飞去。当时轻易地和意中人别离，现在已是山高水远，无处可寻了。

灰尘落满了华美的席具，闺房被重重云雾遮掩。写好的书信谁来传达？独自登上高楼极目远眺，黄昏就要到来，潇潇细雨打在梧桐叶子上。

相传晏殊担任京兆尹一职时，与词人张先十分要好。当时，晏殊新纳了一个侍妾，每次晏殊请张先来家中宴饮时，都会把这个侍妾唤来，让她劝酒助兴，并弹唱张先所填的词。

哪知，晏殊的夫人不喜欢这个侍妾，晏殊没有办法，只得把侍妾卖给了他人。有一次，张先又来晏殊家做客，写了一首《碧牡丹》："望极蓝桥，但暮云千里，几重山，几重水。"晏殊听了，想起那个侍妾，伤感不已，于是立刻命人把侍妾买了回来。

晏殊半生高官厚禄，生活俭约，但也收了一些歌妓、侍妾。或许是夫人不喜欢，或许是其他原因，他有时会被迫与她们分离，因此会产生一些离愁别恨。这首《踏莎行》，大概就是晏殊在这种心境中写下的。

这首词写的是离愁别绪，上片忆事，解释了词人愁思满腹的原因。下片写人，想寄书信，却无人传送；登上高楼，却只见黄昏将近、雨打梧桐。整首词情深意长，神韵高远，堪称佳作。

浣溪沙·堤上游人逐画船

欧阳修

堤上游人逐画船，拍堤春水四垂天^①。绿杨楼外出秋千。
白发戴花君莫笑^②，六幺催拍盏频传^③。人生何处似尊前^④！

注释

①四垂天：天幕仿佛从四面垂下，此处指湖上水天一色的景致。

②戴花：在头上簪花。

③六幺：曲调名，即"绿腰"，节奏急促。催拍：节拍急促如催。盏：一种浅而小的杯子。

④尊：同"樽"，酒杯。

词意

堤上的游人随着画船行走，春水拍打着堤岸，天幕四垂，水天一色。碧绿的杨柳掩映的小楼中，传出女子荡秋千的欢声笑语。

不要笑话我这个白头老翁头戴鲜花，婉转动听的《六幺》曲催促我不停地推杯换盏。人生什么时候才能像饮酒这样轻松惬意啊！

品故事

相传，欧阳修在颍州任职时，有一次和朋友出去吃饭。他喜欢清静，看到一家名叫"杏花村"的酒店客人很少，就和朋友走了进来。

欧阳修为官清廉，一心为民，是深受颍州百姓爱戴的父母官。那店主人一看到来客是欧阳修，立刻十分热情地招呼他们坐下。欧阳修于是要了些酒，又点了三个下酒菜。

吃完后，欧阳修唤店主人来结账，店主人问："欧阳大人对敝店的酒菜还满意吗？"欧阳修想了一下，说："酒不错，但是菜……"说着，问店主人要来纸笔，写了一首打油诗："大雨哗哗飘过墙，诸葛无计找张良。关公跑了赤兔马，刘备抢刀上战场。"店主人看了以后，笑不出来了。原来，这四句诗分别说的是"无檐（盐）"、"无算（蒜）"、"无缰（姜）"和"无将（酱）"。这样的菜肴，怎么会好吃呢？

赏析

这首词用清丽质朴的语言，描写了词人在春日湖边游玩时的所见所想，上片写游人如织、春水连天，洋溢着勃勃生机；下片写词人宴饮的情形，疏放清旷，别有意趣。

菩萨蛮·哀筝一弄湘江曲

晏几道

哀筝一弄湘江曲①，声声写尽湘波绿。纤指十三弦②，细将幽恨传。

当筵秋水慢③，玉柱斜飞雁④。弹到断肠时，春山眉黛低⑤。

注释

① 弄：演奏乐曲。

② 十三弦：指代筝。

③ 秋水：形容女子双目明澈如秋水。

④ 玉柱斜飞雁：系弦的筝柱，排列如斜飞的雁阵，又称"雁柱"。

⑤ 眉黛低：指弹筝女子因乐曲曲调幽怨而双眉紧蹙。

词意

她拨动筝弦，弹奏哀伤的曲子，一声一调都充满愁绪，仿佛碧波荡漾的湘江之水。她玉指纤纤，在十三根筝弦上翻飞，细腻地传达着心中的幽恨。

筵席上，她双目凝神，筝柱斜斜地排列着，仿佛大雁飞行时的队列。弹奏到最令人柔肠寸断之时，她的两弯黛眉慢慢地垂了下去。

品故事

关于词中提到的湘江，还有一个凄美动人的传说。

相传，上古时代的尧帝有两个女儿，大女儿叫娥皇，小女儿叫女英，她们都嫁给了舜。舜的父亲、继母和弟弟对舜很不好，几次三番想害死舜，但是在娥皇、女英的帮助下，舜成功脱险。后来，舜继承了尧的帝位，娥皇、女英就成了他的妃子。

舜帝制定了巡视制，就是每五年去地方上巡视一次。在那个交通十分不便的年代，巡视并不容易，可见舜帝是一位非常勤政的帝王。

这一年，舜帝照例去南方巡视，娥皇、女英在宫中等待舜帝归来。可是，她们等了很久都没有舜的消息，于是沿着舜巡视的路线千里寻夫。她们一路坎坷，来到苍梧，得知舜在巡视到这里时病逝了，遗体就被葬在当地的九嶷山下。娥皇、女英悲恸不已，泪洒竹林，竹子上从此留下了斑斑泪痕，被后人称为"湘妃竹"或"斑竹"。最后，她们投入湘水而亡。

赏析

这是一首写歌女弹奏古筝的词，上片点出歌女演奏的主题——幽恨；下片通过描写歌女的神态和动作，将她内心的哀愁和所弹的哀曲融为一体。全词清美婉丽，含蓄深沉，值得一品。

好事近·汴京赐宴闻教坊乐有感①

韩元吉

凝碧旧池头②，一听管弦凄切。多少梨园声在③，总不堪华发。
杏花无处避春愁，也傍野烟发④。惟有御沟声断⑤，似知人呜咽。

注释

① 教坊：掌管女乐的官署，始于唐朝。
② 凝碧：指凝碧池，在唐东都洛阳禁苑中。
③ 梨园：唐明皇教授伶人的地方。
④ 野烟：指战后村落废墟。
⑤ 御沟：流进宫中的河道。

想起旧时宫廷中的庭院,一听到那时的音乐就内心凄切。那音乐里包含了多少当年的梨园曲调,让我这个白发老人不堪回首。

杏花无处躲避春愁,只好依傍着荒野默默绽放。御沟已经干涸,仿佛知道那流水声会让我泪流满面。

韩元吉,字无咎,号南涧,南宋爱国词人,对南宋朝廷对金人卑躬屈膝的行径痛心疾首。

南宋朝廷长期苟且偷安,宋孝宗继位后,决心改变宋朝和金朝之间的不平等关系,对金开战。结果,宋军大败,而金军也没有占到多少便宜,两国为了减少损失,停战议和,签订了"隆兴和议"。

"隆兴和议"规定,南宋皇帝和金朝皇帝的生辰之时,两国要互派使节。但是,宋朝的地位仍然低于金朝,每年金朝使节来南宋时,都态度傲慢,宋人却敢怒不敢言;而南宋朝廷的使节到了金朝,则是受尽屈辱。

这一年,金朝皇帝的生辰又到了,礼部尚书韩元吉作为使节出使金国。当他们一行人来到已被金人占领的汴梁时,金人设宴款待他们。从这片土地的主人变成了客人,韩元吉的心里很不是滋味,他触景生情,百感交集,在宴席结束后写下了这首《好事近》。

这首词表达了词人为国家哀鸣的思想感情,无论是旧时的曲调,还是御沟中的流水,都能触动词人的家国之叹,可谓是字字哀婉,句句凄切,读来催人泪下。

生查子·元夕戏陈敬叟 [①]

刘克庄

繁灯夺霁华 [②]，戏鼓侵明发 [③]。物色旧时同，情味中年别。
浅画镜中眉 [④]，深拜楼西月。人散市声收，渐入愁时节。

注释

① 陈敬叟：字以庄，号月溪，建安人。

② 霁华：明朗貌。

③ 明发：黎明。

④ 浅画镜中眉：用张敞画眉事，表现夫妻恩爱。

词意

　　元宵节的花灯掩盖了明月的光华，戏鼓声一直响到天亮。习俗风情与过去相同，只是人到中年，心境已经不似从前了。

　　汉代的张敞为妻子对镜描眉，他们一起登楼拜月，祈求白头偕老。欢乐的游人渐渐散去，街上变得寂静，我渐渐感到有些忧伤。

品故事

张敞，字子高，汉宣帝时担任京兆尹，工作效率高，赏罚分明，一方面对坏人绝不姑息，另一方面积极表彰贤德之人。在朝中议事时，张敞还经常引经据典、有理有据，所以同僚也都很欣赏他。

与大部分小孩子一样，张敞小时候也很顽皮。据说有一次他乱扔石头，打到了一个小女孩，导致这个小女孩的眉角留下了永久性疤痕。后来，两个人都长大了，张敞做了官，这个女孩却一直待字闺中，因为她头上有疤痕，所以没有人愿意娶她。

张敞听说了这件事后，十分愧疚，于是上门提亲，将女孩娶了过来。婚后，张敞对妻子非常体贴、疼爱，每天都要为妻子画好眉毛才去上朝。很快，张敞为妻子画眉的事就在都城传开了，他因此成了模范丈夫的代表。而"张敞画眉"这个成语，则常被人们用来形容丈夫体贴、夫妻恩爱。

赏析

这是一首元宵观灯戏友感怀之作，上片通过对比词人过元宵节的不同情怀，感叹世事沧桑；下片借用"张敞画眉"的典故，表达了词人对友人夫妻恩爱的羡慕之情和自己形单影只的落寞之感。全词写景细腻，写情真挚，余味绵长。

鹤冲天·黄金榜上

柳永

黄金榜上①，偶失龙头望②。明代暂遗贤③，如何向。未遂风云便，争不恣狂荡。何须论得丧？才子词人，自是白衣卿相④。

烟花巷陌⑤，依约丹青屏障⑥。幸有意中人，堪寻访。且恁偎红倚翠，风流事，平生畅。青春都一饷。忍把浮名，换了浅斟低唱！

注释

①黄金榜：指录取进士的金字题名榜。

②龙头：旧时称状元为龙头。

③明代：圣明的时代。

④白衣卿相：指自己才华出众，虽不入仕途，也像卿相一般尊贵。

⑤烟花：指妓女。

⑥丹青屏障：彩绘的屏风。丹青：绘画的颜料，这里借指画。

词意

在金字题名的皇榜上,我只不过是偶然失去了中状元的机会。哪怕是政治清明的时代也会错失贤才,我该何去何从呢?既然没有好的际遇,那为什么不随心所欲地游乐呢!何须计较功名的得失?做一个风流才子谱写词章,即使身穿布衣,也如卿相一般尊贵。

在歌妓居住的街巷里,隐约能看见摆放着彩绘屏风的绣房。幸而那里有我的意中人,值得我前去寻访。与她们相依偎,过诗酒风流的生活,这才是我平生之快。青春啊,只不过是片刻时光。怎么忍心用浮名,去换取那浅酌低唱!

品故事

柳永是北宋著名的婉约派词人,少年时勤学苦读,胸怀大志,学成后前往都城汴京参加礼部考试,准备大展宏图。哪知途经杭州时,他彻底被美丽的湖光山色和繁华的热闹景象迷住了,由此开始了听歌买笑的浪荡生活。

几年后,柳永进京参加科举考试,他自负才高,认定自己可以考出一个好成绩,没想到却落了榜。当时的他年少轻狂,一气之下写了一首词来发泄对科举的不满,并表达了对功名的不屑,就是这首《鹤冲天》。

后来,柳永气消了,重振旗鼓,再战科场。这一次,他本来可以考中,但不幸的是,这首《鹤冲天》被皇帝看到了,对里面的"才子词人,自是白衣卿相""忍把浮名,换了浅斟低唱"等词句十分不满。于是,皇帝提笔在柳永的试卷上批示道:"且去浅酌低唱,何要浮名?"就这样,柳永这次也没能考中。

赏析

这首词创作于柳永的青年时期,上片写词人落榜后的失意和不满,流露出恃才傲物的性格特征;下片描写了词人放纵的生活,"忍把浮名,换了浅斟低唱"看似是表达对功名的不屑,其实是负气之言,是对落榜后激愤之情的一种排解。

八声甘州·对潇潇暮雨洒江天

柳永

对潇潇暮雨洒江天①，一番洗清秋②。渐霜风凄紧，关河冷落，残照当楼。是处红衰翠减，苒苒物华休③。惟有长江水，无语东流。

不忍登高临远，望故乡渺邈，归思难收。叹年来踪迹，何事苦淹留④。想佳人、妆楼颙望⑤，误几回、天际识归舟。争知我、倚阑杆处，正恁凝愁⑥！

① 潇潇：风雨之声。

② 一番洗清秋：一番风雨，洗出凄清的秋天。

③ 苒苒：渐渐。

④ 淹留：久留。

⑤ 颙望：抬头凝望。

⑥ 恁：如此。

词意

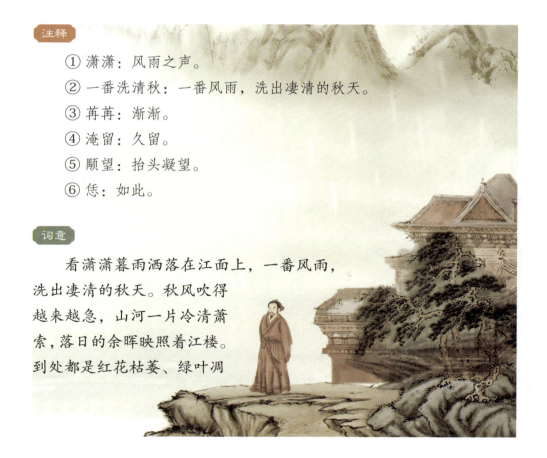

看潇潇暮雨洒落在江面上，一番风雨，洗出凄清的秋天。秋风吹得越来越急，山河一片冷清萧索，落日的余晖映照着江楼。到处都是红花枯萎、绿叶凋落，美好的景色都已衰败。只有长江滚滚，依旧无言地向东流去。

不忍心登高望远，一想到那渺茫遥远的故乡，思乡之情就难以抑制。感叹这些年来的行踪，为什么要苦苦地长留在他乡。遥想佳人也在华美的阁楼上抬头凝望，多少次误把远方的船只当成了我归家的小舟。怎么知道我正独自凭栏，愁思如此深重！

品故事

柳永从小聪慧过人，而且学习十分刻苦，他家门前的那块"磨砺石"就是见证。

古代人写字用毛笔，主要靠手腕发力，柳永为了锻炼腕力，经常提着一支大号毛笔蹲在门前河边的一块大青石上，在水面上练习写字。时间一长，柳永的腕力变得很强，运用起毛笔来得心应手，写出的字也如流水般飘逸、潇洒。因此，乡亲们经常请柳永帮自己写对联，人称"柳联"，那块大青石则被称为"磨砺石"。

不仅如此，柳永为了学习，一次也没有去过家乡的旅游胜地武夷山，直到进京赶考前，他才和家人前往游览。面对从未见过的山水美景，柳永流连忘返，作词《巫山一段云·六六真游洞》，人们称赞这首词有"飘飘凌云之意"。

也许正是因为柳永一直埋头苦读，几乎没有什么娱乐活动，所以进京后猛然看到如此繁华富丽的景象，才会沉迷其中不可自拔，浪费了一段宝贵的时间吧。

赏析

这首词写词人登高凭栏，勾起漂泊在外的愁思和仕途失意的感慨，上片写景，景中含情；下片抒情，虚实结合。通篇语浅情深，意象开阔，是传诵千古的名篇。

望海潮·东南形胜

柳永

东南形胜，三吴都会^①，钱塘自古繁华。烟柳画桥，风帘翠幕，参差十万人家。云树绕堤沙，怒涛卷霜雪，天堑无涯^②。市列珠玑，户盈罗绮，竞豪奢。

重湖叠巘清嘉^③，有三秋桂子，十里荷花。羌管弄晴，菱歌泛夜^④，嬉嬉钓叟莲娃。千骑拥高牙^⑤，乘醉听箫鼓，吟赏烟霞^⑥。异日图将好景，归去凤池夸^⑦。

注释

① 三吴：泛指今江苏南部和浙江的部分地区。

② 天堑：天然沟壑，一般指长江，这里借指钱塘江。

③ 叠巘：层层叠叠的山峦。巘，大山上的小山。

④ 菱歌泛夜：采菱夜归的船上一片歌声。

⑤ 高牙：古代行军有牙旗在前引导，旗很高，故称"高牙"。

⑥ 烟霞：此指山水林泉等自然景色。

⑦ 凤池：全称凤凰池，原指皇宫禁苑中的池沼，此处指朝廷。

词意

杭州地处东南，风景秀美，是三吴的都会，从古到今都很繁华。雾气萦绕的柳树、装饰华美的桥梁，挡风的秀帘、青翠的帐幕，房屋高低错落，大约有十万人家。大树高耸入云，环绕着钱塘江的沙堤；浪花来得又急又猛，仿佛卷起了千堆白雪；宽阔的江面好似天堑，一望无涯。集市上珠宝琳琅，人家中绫罗满目，竞相攀比奢华。

内湖和外湖相接，山岭重重叠叠；秋天有桂花飘香，夏天有十里荷塘。晴天时快乐地吹奏羌笛，采菱归来的晚舟上歌声悠扬，垂钓的老翁和采莲的姑娘都喜笑颜开。长官出行时，成群的骑兵簇拥着高高的牙旗，归来时在微醺中倾听箫鼓管弦之乐，为美丽的山水林泉吟诗作词。他日把这美好的情景描画出来，回到京城时向朝中的人们夸耀。

品故事

柳永落榜后十分生气，索性自称"奉旨填词柳三变"，整日流连在青楼酒肆之间，一心填词。在这段时间里，他的词名一天比一天响亮。但是，柳永并没有完全放弃功名，他后来又参加了科举考试，却依然不中。尽管如此，他还是希望走上仕途，于是四处漂泊，寻找愿意提拔自己的贵人。

有一年，柳永来到杭州，得知老朋友孙何担任两浙转运使，就打算前去拜会。但柳永只是一介布衣，无法轻易见到孙何，于是他另辟蹊径，写了这首《望海潮》，请当地一位很有名气的歌妓在孙何的宴会上演唱。歌妓照做了，孙何非常喜欢这首词，就问作者是谁。就这样，柳永见到了孙何。但是，由于小人挑拨，孙何没有提拔柳永，而是请他吃了一顿饭，就把他打发走了。

赏析

这首词上片写杭州全貌，下片聚焦西湖，描绘出了一幅国泰民安的游乐图，笔致洒落，音调雄浑，洋溢着对长官的赞美之情。

离亭燕·一带江山如画

张昇

一带江山如画①，风物向秋潇洒。水浸碧天何处断？霁色冷光相射②。蓼屿荻花洲③，掩映竹篱茅舍。

云际客帆高挂，烟外酒旗低亚④。多少六朝兴废事，尽入渔樵闲话⑤。怅望倚层楼，红日无言西下。

注释

① 一带：指金陵（今南京）一带。

② 霁色：雨后初晴的景色。相射：互相辉映。

③ 蓼屿：指长满蓼花的高地。荻花洲：长满荻草的水中沙地。

④ 低亚：低垂。

⑤ 渔樵：渔翁和樵夫，泛指普通百姓。

词意

金陵风景如画，秋色明净清爽。秋水与碧天相接，哪里是尽头呢？雨后初晴的阳光，与秋水泛着凉意的波光交相

223

辉映。长满了蓼花和荻草的小岛上，竹篱环绕的茅舍若隐若现。

江水尽头的客船上，船帆高挂；烟雾笼罩的岸边，酒旗低垂。六朝兴衰更迭的往事，如今都成了百姓茶余饭后的闲话。惆怅地倚在高楼上远眺，一轮红日默默地在西边落下。

品故事

张昇是一个正直敢言、忧国忧民的官员，他经历了北宋王朝由盛转衰的过程，目睹国家越来越积贫积弱，即使辞官退隐也依然关心国事，于是写下了这首《离亭燕》。

相传，张昇担任御史中丞时，当时的宰相刘沆想把几个御史贬为地方官。张昇不赞同他的做法，就向仁宗皇帝上了好几道奏疏，导致刘沆被免去了宰相之职。

事后，仁宗皇帝劝张昇："你在朝廷没有背景，可以称得上'孤寒'了，何必总是得罪近臣，给自己惹麻烦呢？"张昇却说真正"孤寒"的人是皇帝，仁宗问他为什么这样说。张昇回答："您现在内无贤明的宰相主持朝政，外无骁勇的将领征战沙场，难道不是'孤寒'吗？"宋仁宗听张昇几句话就指出了朝廷的弊病，就更加欣赏张昇了，张昇也因此名震朝野。

直言进谏的张昇正是我国古代谏官的缩影，他们身上敢于言事、勇于担责、忧国忧民的精神，就是我们所称赞的"文人风骨"。

赏析

这是一首怀古词，上片写金陵山水，给人明丽之感；下片怀古，字里行间流露出词人的惆怅之情。全词情景交融，意境阔达，格调沉郁，耐人寻味。

破阵子·春景

晏殊

燕子来时新社①，梨花落后清明。池上碧苔三四点②，叶底黄鹂一两声。日长飞絮轻。

巧笑东邻女伴，采桑径里逢迎③。疑怪昨宵春梦好④，元是今朝斗草赢⑤。笑从双脸生⑥。

注释

①新社：社日是古代祭祀土地神的日子，有春、秋两社，新社即春社，时间在立春后、清明前。

②碧苔：碧绿色的苔草。

③逢迎：碰头，相逢。

④疑怪：诧异，奇怪。这里是"怪不得"的意思。

⑤斗草：古代妇女的一种游戏，也叫"斗百草"。

⑥双脸：指脸颊。

词意

燕子飞回来时，正赶上举行春社；梨花凋落后，就迎来了清明。水池中点缀着几片碧绿的苔草，树叶下的黄鹂偶尔

歌唱两声。白昼越来越长，柳絮轻轻飞舞。

在采桑的路上，遇到了巧笑盈盈的东邻女伴。怪不得她昨夜做了一个春宵美梦，原来是今天斗草获胜的预兆。笑容浮上了她的双颊。

品故事

晏殊不仅是北宋著名的词人，而且拥有诚实的美德。

十四岁时，晏殊就小有名气，有"神童"之称，因此被举荐给了朝廷。宋真宗召见晏殊，让他与一千多名贡士共同考试。晏殊拿到试卷后，发现考题是自己以前练习过的。这时，只要他不说，就没人知道，那么他就一定能考出好成绩。但是，晏殊毫不犹豫地把情况如实告诉给了宋真宗，并请求宋真宗更换题目。宋真宗非常欣赏他，赐给他"同进士出身"。

晏殊后来在京城为官，当时的朝廷官员生活奢靡，经常举行宴会，纵情享乐，只有晏殊每天闭门读书。宋真宗见晏殊这样自重谨慎，就想任命他为东宫官，辅佐太子读书。晏殊知道后，对宋真宗解释道："臣也喜欢宴饮，只是因为囊中羞涩，并不是陛下您所说的那样。"宋真宗听后，反而更加欣赏和信任晏殊了。

赏析

这首词上片写景，语言轻快流丽，点明了季节是春季；下片写人，将纯洁无瑕、活泼天真的少女形象刻画得惟妙惟肖。整首词风格质朴，格调明媚，让人读后不禁莞尔一笑。

青门引·春思

张先

乍暖还轻冷。风雨晚来方定。庭轩寂寞近清明[1]，残花中酒[2]，又是去年病。

楼头画角风吹醒[3]。入夜重门静。那堪更被明月，隔墙送过秋千影。

注释

①庭轩：庭院，走廊。

②残花：凋残的春花。中酒：喝酒过量。

③画角：绘彩的号角，一种古管乐器，古时军中用于警昏晓、振士气。

词意

天气骤然转暖，但还残留着些许凉意。直到傍晚，风雨才停。庭院里寂寞无声，转眼清明节就快到了，对着落花饮酒自醉，又是和去年同样的光景。

晚风吹过楼头画角，把我惊醒。入夜后，重门紧闭，庭院幽静。我本就心烦意乱，哪里还能忍受月光隔墙送来的少女荡秋千的身影。

品故事

张先，字子野，北宋词人，又称"张三中""张三影"。说起这两个绰号，还有一段有趣的往事呢。

起初，张先写了一首词《行香子》，其中有这样的句子："心中事，眼中泪，意中人。"于是，朋友就给他取了"张三中"这个绰号。有一次，一位客人来张先家中做客，提到了这个绰号。张先笑问："为什么不叫我'张三影'呢？"客人不解其意，张先解释说："我生平所写的词句中，最满意的是这三句：'云破月来花弄影''娇柔懒起，帘幕卷花影''柳径无人，堕絮飞无影'。"于是，张先就多了"张三影"这个外号。

赏析

这是一首伤春怀旧词，上片伤春，下片怀旧，通篇从触觉、听觉、视觉等不同的角度来描写春天，烘托出词人凄凉、落寞的心境，含蓄委婉，意味隽永。

渔家傲·平岸小桥千嶂抱

王安石

平岸小桥千嶂抱，柔蓝一水萦花草^①。茅屋数间窗窈窕^②。尘不到，时时自有春风扫。

午枕觉来闻语鸟，欹眠似听朝鸡早^③。忽忆故人今总老。贪梦好，茫然忘了邯郸道^④。

注释

① 柔蓝：柔和的蓝色，多形容水。萦：萦绕。

② 窈窕：幽深的样子。

③ 欹眠：斜着身子睡觉。

④ 邯郸道：比喻求取功名的道路，亦指仕途。

词意

　　峰峦叠嶂，环抱着小桥流水；河水青碧，萦绕着繁花绿草。竹林幽深处，静静地立着几间茅舍。茅舍不染尘埃，是因为时常有和煦的春风前来打扫。

　　午睡醒来听见鸟鸣婉转，斜倚枕头，仿佛听见了当年

做官时，早朝路上的鸡叫声。忽然想起认识的人都老了，我也不例外。如今我贪恋闲适，忘记了建功立业的志向。

品故事

　　王安石既是文学家，又是政治家，而且在北宋政坛有着举足轻重的地位，曾官至宰相。但是，他的仕途并不平坦，曾两次被罢相。

　　第二次被罢相后，已是迟暮之年的王安石来到金陵，在风景秀丽的谢公墩过起了隐居的生活。他本性不喜欢安静地坐着，平时不是躺着，就是出门游玩。晚年时，他在谢公墩养了一头毛驴，每天吃完饭后，必定会骑着毛驴游览钟山，纵情于大自然的美景之中，累了就在定林寺小睡一会儿。就这样，经常直到下午四点左右才回家。

　　这段超然闲适的隐居生活，让王安石的心境慢慢变得平和，他创作了不少描写水光山色的词作，比如这首《渔家傲》。

赏析

　　这首词上片写景，前两句写山水之美，后两句写竹林茅舍，流露出词人对大自然的喜爱和对隐居生活的向往；下片写词人的所思所想，虽然有沧桑之感，但是并没有悲老之叹，反映出词人恬淡、宁静的心情，充满了生活情趣。

卖花声·题岳阳楼

张舜民

木叶下君山，空水漫漫。十分斟酒敛芳颜^①。不是渭城西去客^②，休唱阳关^③。

醉袖抚危栏^④，天淡云闲。何人此路得生还。回首夕阳红尽处，应是长安^⑤。

注释

① 敛芳颜：收敛容颜，肃敬的样子。

② 渭城西去客：指元二，唐代诗人王维的朋友。元二远赴安西都护府时，王维作《送元二使安西》一诗送别。

③ 阳关：指古曲《阳关三叠》，根据《送元二使安西》谱写而成，又叫《阳关曲》。

④ 危：高。

⑤ 长安：此指汴京。

词意

君山上落叶纷纷，洞庭湖水天一色。歌女斟满酒杯，收敛笑容，想唱一首送别的歌。我

不是当年王维在渭城送别的西去之客，请不要唱那悲伤的《阳关曲》。

喝醉了，扶着高楼的栏杆眺望远方，天色清淡，白云悠闲。被贬的人有几个能从这条路上活着回来。回看那夕阳西下的地方，应该是都城长安。

品故事

张舜民，生卒年不详，字芸叟，自号浮休居士，又号矴斋，北宋文学家、画家。他为人正直，敢于直言进谏，曾被贬到郴州，这首《卖花声》就是他前往郴州途中，登临岳阳楼时所作的。

词中提到的"渭城西去客"，指的是元二。当时，元二奉命出使安西都护府，那里位于大唐边疆，十分偏远。王维得知好友即将远行的消息，非常不舍，因为在那个交通不便的年代，这一去不知多久才能再见面。于是，王维为元二送行，从长安一直送到渭城的客舍，难舍难分之际，写下了著名的诗篇《送元二使安西》。

后来，乐人为这首诗谱曲，就是我们熟悉的《阳关三叠》，又叫《渭城曲》。张舜民在被贬途中想到了这段往事，把它写进了这首《卖花声》，可见他当时的心情有多么悲凉、低落。

赏析

这是一首抒发词人被贬后的失意之情的词，先用萧瑟的秋景来烘托词人悲凉的心境，然后直抒胸臆。全词用语简练，表达的感情却很深沉、复杂，读来扣人心弦，动人心魄，有着很强的艺术感染力。

水龙吟·次韵章质夫杨花词①

苏轼

似花还似非花，也无人惜从教坠。抛家傍路，思量却是，无情有思。萦损柔肠②，困酣娇眼③，欲开还闭。梦随风万里，寻郎去处，又还被、莺呼起。

不恨此花飞尽，恨西园、落红难缀④。晓来雨过，遗踪何在，一池萍碎。春色三分⑤，二分尘土，一分流水。细看来，不是杨花，点点是离人泪。

注释

①章质夫：即章楶，字质夫，浦城（今属福建省）人。曾作《水龙吟》咏杨花，苏轼依章词原韵唱和，故称"次韵"。

②柔肠：比喻细长柔软的柳枝。

③娇眼：美人娇媚的眼睛，比喻柳叶。

④落红：落花。

⑤春色：指柳絮（杨花）。

词意

　　像花又好像不是花，无人怜惜，任凭它凋落一地。杨花从枝头坠落到路旁，看似无情，却自有它的愁思。柔弱的柳枝，就像离愁萦绕的柔肠；娇嫩的柳叶，仿佛佳人春困未消的媚眼，似睁似闭。在梦中随风行了万里路，想寻找丈夫的去处，却被黄莺的啼声惊醒。

　　不恨杨花凋零殆尽，只恨西园满地落红，难再重缀。早晨下了一场雨，哪里还有落红的踪迹？早化作了池水中细碎的浮萍。如果杨花有三分春色，那么二分已化为尘土，一分已随着流水逝去。仔细一看，那飘零的不是杨花，一点一滴都是离人的眼泪。

品故事

　　章质夫，单名一个"楶"字，是苏轼的好友，北宋名将、诗人，"质夫"是他的字。苏轼因为"乌台诗案"被贬谪黄州，与章质夫常有诗词酬唱，这首《水龙吟·次韵章质夫杨花词》，就是苏轼依照章质夫《水龙吟·杨花词》的韵所写的。

　　章质夫不仅工于诗词，还是一名杰出的将领，拥有卓越的军事才能。当时，西夏常年侵扰大宋，章质夫针对这种情况，提出了以攻为守的办法。他多次率兵击退西夏军马的侵扰，有效遏制了西夏的入侵，还主动出兵西夏，收复了被西夏占领的许多大宋疆土。

　　有一次，十万西夏军马入侵大宋，来势汹汹。章楶亲自指挥战斗，通过设伏、诱敌和集中兵力重点出击等策略，大败夏军。又有一次，西夏军进攻大宋的平夏城，章质夫率兵迎击，取得了三战三捷的好成绩，又奇袭西夏营垒，擒获西夏军统帅，威震西夏。

赏析

　　这是一首伤春怀人词，上片写杨花无人问津，独自凋零，以杨花暗喻离人，可谓匠心独具；下片抒发对杨花的怜惜之情，最后一句是点睛之笔，点明全词的主旨，构思奇巧，读来有余音绕梁之感。

临江仙·未遇行藏谁肯信

侯蒙

未遇行藏谁肯信①，如今方表名踪。无端良匠画形容②，当风轻借力，一举入高空。

才得吹嘘身渐稳③，只疑远赴蟾宫④。雨馀时候夕阳红，几人平地上，看我碧霄中。

注释

① 未遇：没有得到赏识和重用；没有发迹。

② 无端：无缘无故。形容：形体和容貌。

③ 吹嘘：指风吹。

④ 蟾宫：月宫，月亮。唐以来称科举及第为蟾宫折桂，因以指科举考试。

词意

一直没有得到赏识和重用，过着隐居的生活，谁肯信服呢？到如今才有了名声。既然无缘无故地被画工画在风筝上，那么我应当向轻风借力，一举飞上高空。

风慢慢吹来，我的身体在空中渐渐平稳了，仿佛就要飘到遥远的月宫。雨停的时候，正是夕阳西下之时，有多少人在平地上，羡慕地看着我身在碧霄之中。

品故事

侯蒙，字元功，北宋大臣。他为人重义气、好施舍，但是考场失利，多次参加科举考试都没有考中。到了三十一岁这年，侯蒙才终于考上了举人，他十分高兴，对自己的仕途充满信心。可是，他身边的一些小人不开心了。

原来，侯蒙长得不太好看，这些以貌取人的小人向来十分轻视他，现在见他居然考中了举人，就有些拈酸泼醋。于是，他们把侯蒙的像画在风筝上，然后把风筝放飞，讽刺他妄想上天。侯蒙知道了这件事后，并没有大发雷霆，而是要来画有自己画像的风筝，在上面写下这首《临江仙》，对这些小人进行了一番辛辣的讥讽。

赏析

这是一首讽喻词，上片写势利小人对词人的无端讥讽，既是自嘲，又乘机讽刺了一心想往上爬的小人；下片写词人想象中的风筝飞上天空的情形，进一步讽刺了小人得势后自鸣得意的神态。同时，词人还借风筝这一事物，含蓄地表达了自己"一举入高空"的志向。整首词采用了托物言志的手法，风趣生动，寓意深刻。

摸鱼儿·东皋寓居

晁补之

买陂塘、旋栽杨柳，依稀淮岸江浦。东皋嘉雨新痕涨，沙觜鹭来鸥聚①。堪爱处最好是、一川夜月光流渚。无人独舞，任翠幄张天②，柔茵藉地，酒尽未能去。

青绫被③，莫忆金闺故步④，儒冠曾把身误。弓刀千骑成何事⑤，荒了邵平瓜圃⑥。君试觑，满青镜、星星鬓影今如许。功名浪语，便似得班超⑦，封侯万里，归计恐迟暮。

注释

① 沙觜：指水中的沙洲。

② 翠幄：绿色的帐幕，指池塘岸边的垂柳。

③ 青绫被：这里指代做官时的物质享受。

④ 金闺：汉代宫门，又叫金马门，这里泛指朝廷。

⑤ 弓刀千骑：指地方官手下佩带武器的卫队。

⑥ 邵平瓜圃：邵平，秦末汉初人，秦朝时被封为东陵侯，秦国灭亡后在长安城东种瓜。

⑦ 班超：东汉名将。

词意

　　买了池塘，很快就在岸边种了杨柳，看起来像是风光秀美的淮岸江边。刚下过一场好雨，鸥鹭聚集在池塘中间的沙洲上。而最好看的，是一川流水泛着月光，倒映在水中的沙洲上。四周没有人，我独自起舞，头上是柳枝垂下形成的翠幕，脚下铺着柔软的草地，酒喝完了还舍不得离开。

　　不要留恋做官时的富贵和荣耀，读书做官只会误了自己。我做过地方官，但到头来又有什么成就呢？反而荒废了邵平瓜圃。你不妨仔细看看，镜子里花白的头发已经这么多了！功名不过是一句空话，就算像班超那样在万里之外建功立业，被封为定远侯，回到故乡时恐怕也已经垂垂老矣。

品故事

　　秦始皇的父母合葬在东陵，为了保护陵寝，秦始皇封邵平为东陵侯，专门负责看护和管理东陵。秦朝被刘邦灭亡后，邵平沦落为平民，在长安城外以种瓜、卖瓜为生。由于他的瓜皮薄瓢红、味道甜美，因此被人们称为"东陵瓜""邵平瓜"等。

　　虽然刘邦称帝后没有起用邵平，但邵平其实是一个很有智慧的人。有一次，刘邦率兵在外平叛，朝中有人告淮阴侯韩信谋反，韩信被皇后设计诛杀。刘邦听说后，担心相国萧何也谋反，就派500名士兵保护萧何，实际上是监视萧何。当时，只有邵平看出了刘邦的意图，他向萧何献计，让萧何用自己的财物去支援前线，并把亲属送去参战，说这样才能消除刘邦的怀疑。萧何照做后，果然赢得了刘邦的信任。

赏析

　　这首词上片写景，描绘出一幅宁静、恬淡的田园风景画，突出了归隐的乐趣；下片抒情、议论，表达了词人对官场的厌倦之情，传达出一种急流勇退的心态。全篇写景清丽明快，抒情真挚豁达，议论慷慨磊落，值得细细品读。

南柯子·忆旧

仲殊

十里青山远，潮平路带沙①。数声啼鸟怨年华②。又是凄凉时候③，在天涯。

白露收残月，清风散晓霞。绿杨堤畔问荷花：记得年时沽酒④，那人家⑤？

注释

① 潮平：指潮落。
② 怨年华：此指鸟儿哀叹时光易逝。
③ 凄凉时候：指天各一方的凄凉的日子。
④ 年时沽酒：去年买酒。
⑤ 那人家：那个人吗？指词人自己。

词意

青山连绵重叠，延伸到远方；潮水退去了，道路上还残留着泥沙。几声鸟鸣传来，好像在埋怨时光匆匆，年华易逝。又是凄凉的时节，我独自漂泊在海角天涯。

露水冰冷，残月渐渐隐去，晨风吹散了拂晓的云霞。我在种满杨柳的堤畔询问荷花：还记得那年在这里买酒的人吗？

品故事

仲殊，北宋僧人、词人，本姓张，名挥，字师利，"仲殊"是他出家后的法号。他年轻的时候，风流倜傥，生活放荡，妻子对他十分不满，有一次给他做饭时，竟然狠心地在饭菜中下毒，仲殊差点被毒死。

经过这次劫难，仲殊对家庭心灰意冷，同时也开始反思自己过去的所作所为，于是离开家庭，落发为僧，先后居住在苏州的乘天寺、杭州的吴山宝月寺。这时，仲殊体内的毒素还没有完全清除，需要经常食蜜解毒，因此被人们称为"蜜殊"，大概这就是他早年放浪形骸的代价吧。

赏析

这首词上片重在写景，通过景物描写烘托出主人公凄凉的心境；下片重在写人，通过询问荷花，说明主人公是故地重游，美好的回忆更加衬托出他此时的孤寂。全词情景交融，诗情浓郁，余味绵长。

踏莎行·杨柳回塘

贺铸

杨柳回塘①，鸳鸯别浦②。绿萍涨断莲舟路③。断无蜂蝶慕幽香，红衣脱尽芳心苦④。

返照迎潮，行云带雨。依依似与骚人语⑤。当年不肯嫁春风，无端却被秋风误。

注释

① 回塘：环曲的水塘。
② 别浦：江河支流的入水口。
③ 莲舟：采莲的船。
④ 红衣：荷花的红色花瓣。
⑤ 依依：形容荷花随风摇摆的样子。骚人：诗人。

词意

杨柳围绕着回环曲折的池塘，一对鸳鸯在别浦嬉戏。碧绿的浮萍铺满了水面，

采莲的小舟难以前行。没有蜜蜂和蝴蝶倾慕荷花的幽香,荷花独自凋零,结出了苦涩的莲心。

潮水沐浴着落日的余晖涌进池塘,流云带来了点点细雨。随风摇曳的荷花似乎在向诗人倾诉衷肠:当年不肯在春天开放,如今却无端地在秋风中凄凉零落。

品故事

贺铸,字方回,又名贺三愁,人称贺梅子,自号庆湖遗老,北宋词人。他的相貌很特别,据说面色青黑,眉目耸拔,因此得了"贺鬼头"这个绰号。他的性格也与众不同,在一众附庸风雅的文人之中,唯有他豪爽耿直,浑身充满了侠气和狂气。

贺铸非常喜欢谈论时事,有什么说什么,心直口快,而且在权贵面前也能保持自己的气节。所以,他一生都只能担任一些低微的官职。尽管如此,他依旧十分关心国事,对混乱的朝政和软弱的外交政策忧心忡忡。但是,这一切都是他无力改变的。

晚年时,贺铸辞官归隐,回想自己郁郁不得志的一生,不正像那池塘中的荷花,纵然出淤泥而不染,却终究逃不过凄凉的结局吗?悲叹之余,他提笔写下了这首《踏莎行》。

赏析

这是一首借物言情的词,上片写荷花处在一个不起眼的地方,无人问津,实际上是写词人怀才不遇;下片写荷花经历夕阳晚照和流云细雨,比喻词人经历的世事沧桑和人情冷暖,而荷花倾吐内心的话语,则暗喻了词人因不肯随波逐流而仕途崎岖的命运。词人借歌咏荷花来表达内心的情感和志向,实现了荷花与君子的完美统一。

眼儿媚·杨柳丝丝弄轻柔

王雱

杨柳丝丝弄轻柔 ①，烟缕织成愁。海棠未雨 ②，梨花先雪，一半春休。

而今往事难重省 ③，归梦绕秦楼 ④。相思只在，丁香枝上 ⑤，豆蔻梢头 ⑥。

注释

① 弄轻柔：摆弄着柔软的柳丝。

② 雨：指海棠花凋谢的时候，花瓣掉落如雨。

③ 难重省：难以回忆。

④ 秦楼：秦穆公的女儿弄玉和其丈夫萧史所居之楼，此指王雱的妻子独居之所。

⑤ 丁香：常绿乔木，春季开花。

⑥豆蔻：草本植物，春季开花。

词意

杨柳摇曳着柔软的柳丝，好像一缕缕轻烟，编织出了万千春愁。海棠花瓣还没有如雨点般凋落，洁白的梨花就已经像雪花那样纷纷飘零，原来春天已经过去了一半。

而今往事实在难以回忆，我在梦中回到了你住过的阁楼。刻骨的相思只能寄托在那丁香枝上、豆蔻梢头。

品故事

王雱，字元泽，北宋大臣、思想家、宰相王安石之子。他年少聪敏，不到二十岁就著书数万字。二十多岁时，他考中进士，凭借着自身的才学，加上父亲王安石的关系，先后在朝中担任太子中允、龙图阁直学士等职务。王雱和妻子的感情很好。

应该说，王雱的仕途是平坦的，生活是圆满的。但或许是天妒英才，王雱的身体非常不好，经常卧在病榻之上。王安石看儿媳还很年轻，不想耽误了她，于是自作主张把她嫁给了别人。后来的事情证明，王安石的做法很明智，因为王雱年仅三十三岁就病逝了。

不过，王安石虽然成全了儿媳，却苦了自己的儿子。王雱还活着的时候，经常陷入相思之苦，这首《眼儿媚》就是他思念妻子时所写的。

赏析

这是一首怀人词，上片把柳枝比喻成烟，又写"烟缕织成愁"，语出新奇，读来有缠绵悱恻之感；下片直抒胸臆，尽管往事不能重来，但词人对妻子的相思之情始终不改，令人感动。

千秋岁·水边沙外

秦观

　　水边沙外，城郭春寒退。花影乱，莺声碎。飘零疏酒盏①，离别宽衣带②。人不见，碧云暮合空相对。

　　忆昔西池会③，鹓鹭同飞盖④。携手处，今谁在。日边清梦断⑤，镜里朱颜改。春去也，飞红万点愁如海。

注释

　　① 疏酒盏：多时不饮酒。

　　② 宽衣带：意思是人变瘦了。

　　③ 西池：故址在丹阳（今江苏镇江丹阳市），这里借指秦观曾与友人相会的金明池。

　　④ 鹓鹭：原指朝廷百官，这里代指车。

　　⑤ 清梦：美梦。

词意

　　浅水之畔、沙洲之外的城郊，春寒已经退去。日光下，花影纷乱，莺啼细碎。因为飘零在外，已经很久没有畅饮美酒了；因为非常思念你，我日渐消瘦，衣带都变

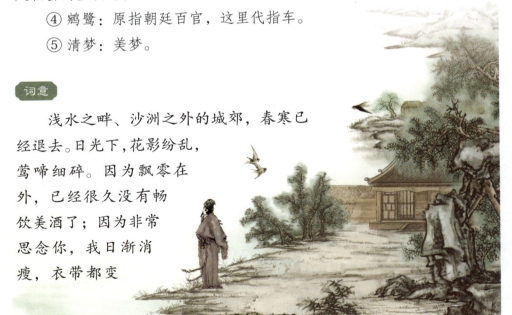

宽松了。见不到思念的人，只能徒劳地看着碧云染上暮色。

想当年，与好友在金明池相会，一起乘车出游，宝马雕车奔驰如飞。那时我们携手同游的地方，如今还有谁在呢？回到皇帝身边的美梦破灭了，镜子里的人容颜已老。春天过去了，花朵凋谢，落红万千，我的愁绪就像大海那样深。

品故事

这首《千秋岁》创作于秦观被贬之后。那时宋哲宗亲政，开始重用支持新法的官员，如此一来，反对变法的秦观、苏轼等人就遭了殃，纷纷被贬谪到外地为官。

被贬后，秦观在处州担任监酒税之职，处州就是今天的浙江省丽水市。相传，就是在处州任职的这段时间里，秦观写下了这首《千秋岁》。

后来，这首《千秋岁》传到了当时同样有名的词人范成大那里，范成大十分喜欢"花影乱，莺声碎"这两句，于是专门建造了一座亭子，取名为"莺花亭"。

秦观在处州并没有待多长时间，就先后被调往郴州、雷州等地，它们在当时都是比较偏远的地方。秦观任职雷州时，已经是迟暮的老人了。不久后，秦观又被调往横州，在赴任途中与世长辞。

赏析

这是一首惜春词，词人通过叹息春天流逝来表达自己爱情上的失意和仕途上的不幸，从"乱""碎""空""断""愁"等字眼可以看出，词人正沉浸在深深的悲伤之中，情绪非常低落。整首词反复咏叹，缠绵凄恻，催人泪下。

青玉案·凌波不过横塘路

贺铸

凌波不过横塘路①。但目送、芳尘去。锦瑟华年谁与度②。月桥花院，琐窗朱户。只有春知处。

飞云冉冉蘅皋暮③。彩笔新题断肠句④。试问闲情都几许。一川烟草，满城风絮，梅子黄时雨。

注释

①横塘：在苏州城外，是词人的隐居之所。

②锦瑟华年：即青春时光。

③蘅：香草名。皋：水边的高地。

④彩笔：相传江淹年少时，梦中人授以五色笔，因而文采非凡。

词意

她轻盈的步伐没有越过横塘，我只能目送她的倩影离去。正是锦绣年华，但谁能与她共度？是在那拱桥边花木环绕的庭院里，还是在那窗格雕花的富贵人家，只有春天才知道她的去处。

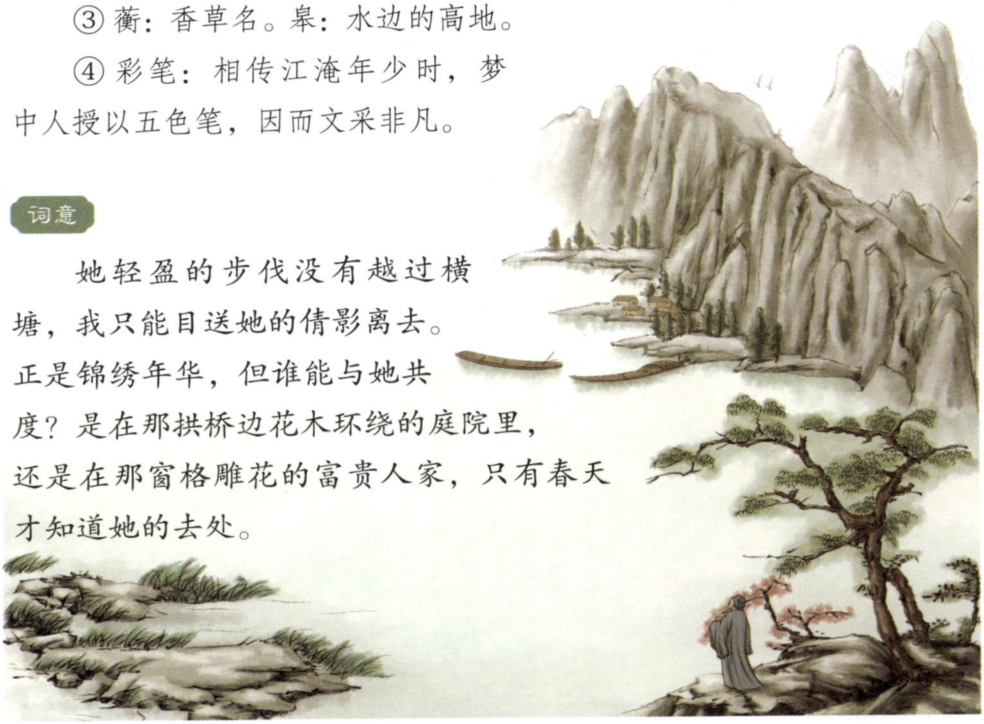

浮云悠悠，暮色笼罩了长着香草的小洲；我刚刚提笔，写下了柔肠寸断的诗句。问我的愁绪有多深？就像那烟雨迷蒙的一川青草，就像那满城纷飞的柳絮，还像那梅子变黄时节的绵绵细雨。

品故事

贺铸出身名门，不仅才华横溢，而且从小就喜欢习武，为人很有豪侠的风范。但是，贺铸的豪爽似乎有点过了头，他不仅总是毫不避讳地谈论时事，而且常常当面指出别人的过失，搞得别人下不来台。后来，就连贺铸自己都说"铸少有狂疾"。

如此狂放的性格自然难以在朝廷立足，所以贺铸空有满腔抱负和爱国之心，却一生都没有受到重用。晚年时，贺铸辞去官职，隐居在苏州的一间小筑中，这首《青玉案》就是他在隐居时期所写的，而词中提到的"横塘"，就位于这间小筑往南十多里的地方。

赏析

这首词上片写主人公在暮春时节偶遇佳人，而佳人不知所往的惆怅心情；下片写主人公因为思慕佳人而满腹愁绪，提笔作诗。全词看似是在写主人公思慕佳人而不得，实际上是在抒发词人怀才不遇的惆怅之情，笔触细腻，想象丰富，感情真挚。